나리 나리 김나리

나리 나리 김나리

김나리

에세이

도마뱀

프롤로그

냉장고를 청소하는 일은 큰마음이 필요합니다. 그때그때 버리지 않고 쌓여 음식물 쓰레기가 되어버린 것들을 일일이 확인하며 꺼내는 일은 생각보다 많은 시간과 품이 듭니다. 벚꽃이 한창일 때 약속했던 꽃놀이가 당일에 취소되었고, 벚꽃은 그 주가 마지막이라고 했으므로 올해의 꽃놀이는 이렇게 끝이구나, 생각했습니다. 호기롭게 냉장고에 넣어두었던 도시락 재료들이 고스란히 남아 방치되었지요.

한참이 지나 문드러지고 곰팡이가 난 재료들은 무언가가 될 수 있게 시도해볼 수 있는 기한이 끝나 있었습니다. 내 손으로 직접 끈적한 곰팡이들을 꺼내 처리해야만 합니다. 손끝은 얼마나 감각이 발달해 있는지, 그저 그것들을 손에 쥐고 꺼내 음식물 쓰레기봉투에 넣을 뿐인데도 변질된 속성이 낱낱이 느껴집니다. 흐물흐물하고 역한 냄새를 풍깁니다. 비싸게 돈을 주고 대단한 양의 음식물 쓰레기를 만들었습니다.

모든 음식에 유통기한이 있다면, 그 음식을 먹고 자라는 몸과 마음을 생각하지 않을 수 없습니다. 몸을 스쳐 간 음식과 마음을 건너간 사건이 하나도 배출되지 않은 채 그대로 퇴적되기만 한다면 우리의 몸무게는 얼마가 되어야 할까요. 10년 전에 먹은 비빔밥과 어제 먹은 카레라이스가 한꺼번에 몸에 살고 있다면. 그래서 섭취한 모든 것들이 고스란히 체중이 되어 쌓인다면. 그러나 다행히도 그런 일은 벌어지지 않습니다. 우리는 의식하지 않아도 알아서 소화하며 적정 체중만 책임지며 살아갑니다.

대학을 졸업하고 함께 공부했던 선생님과 친구들을 만난 일이 있습니다. 모두 열심히 글 쓰는 일을 하거나, 취업을 미루고 공모전에 매진하고 있을 때, 저는 글과는 전혀 상관없는 업종에서 일하고 있었습니다. 제 안부를 묻는 사람들에게 조금 부끄러운 마음으로 결혼식장에서 일하고 있다고 말했습니다. 그때 선생님은 계속 그렇게 일해야 한다고, 생활을 꾸려나가야 하고 싶은 이야기도 만나고 오래 쓸 수 있다고 이야기해주셨습니다.

나리 나리 김나리

3년이면 졸업하는 대학을 6년 만에 졸업했습니다. 스무 살에 처음 입학한 대학에서 처음 보낸 일 학년은 연신 당황스러웠는데요. 제가 다닌 예술대는 당시만 해도 스무 살 현역의 입학 비중이 크지 않아 다양한 연령대의 학생들이 함께 공부했습니다. 소설 창작 시간이 되면 다른 학생들은 모두 다양한 이야기를 가져왔고, 이제 막 고등학교를 졸업했을 뿐인 저는 할 수 있는 이야기의 품이 좁고 얕다는 고민만 수없이 반복했습니다. 학교에서 문학 이론과 글 쓰는 법에 대한 공부는 할 수 있었지만, 무엇을 써야 하는지는 자신의 삶에서 찾는 것이었으니까요. 그래서 무엇이라도 못 해본 것을 해보고 돌아오자고 감행했던 휴학이 3년이나 계속되어 비로소 6년 만에 졸업할 수 있었습니다. 각종 아르바이트와 배낭여행, 첫사랑, 취업 같은 일들이 3년 동안 벌어졌습니다. 그래도 여전히 덜 살아봤는데, 하는 마음이 들어 아직도 제대로 된 글을 쓸 수 없다고 자신 없어 할 뿐이지만요.

그로부터도 한참 시간이 흘러 저는 그냥 살아가고 있습니다. 일주일에 하루는 해방촌 서점에서, 세 번은 또 해방촌 식당에서 일하고, 이따금 짧은 글을 발표하며 글쓰기 수업을 합니다. 내가 하는 모든 것이 글쓰기의 재산이 될 거라는 지나친 의미 부여와 낙관을 내려 두고, 그냥 생활의 소임을 다합니다. 끝끝내 만족할 만한 글을 쓸 수 없어도 상관없고, 생활의 감각을 잊지 않고

무리 없이 살아가는 것이 중요하다고 생각합니다.

틈틈이 사람들과 불화하고 때로 열렬히 사랑하고 마는데요. 그때마다 마음이 대체 어디 있을까, 생각하고는 했습니다. 할 수 없던 일도 마음만 먹으면 할 수 있고, 할 수 있던 일도 쉽게 포기해버리고는 했으니까요.

사는 내내 나리— 나리— 개나리— 하고 이름을 놀리는 사람들과 허다하게 만났습니다. 초등학교 2학년 때는 이런 놀림을 도저히 참을 수 없어서 사고를 친 일도 있었는데요. 수업 시간 도중 귀에 대고 또 그 노래를 속삭이는 짝꿍을 그만 의자에서 밀어 넘어뜨린 일이었습니다. 그때 이후로 집에 갈 때만 되면 교문 앞에 그 아이의 어머니가 저를 기다리고 있어서 한참을 후문으로 돌아 집에 갔습니다.

제 이름에는 한자도 큰 뜻도 없습니다. 나리꽃의 이름이 예뻐 따다 지은 것이기 때문인데요. 어렸을 때는 큰 포부가 없는 이름이 대충 지은 것 같아서 마음에 들지 않았는데, 이제는 오히려 좋아졌습니다. 미리 기대한 것은 아무것도 없이, 내가 나로서 투명하게 살아간다는 것이 담대하게 느껴집니다.

마음은 연기처럼 온몸을 쏘다니는 유령 같습니다. 몸은 이번 한생을 살 뿐이지만, 마음은 전생부터 살아남아 내 몸 안을 떠도는 것은 아닐까요. 모두의 육감은 그래서, 마음이 기억하는 일

같습니다. 이별의 바람이 불고 있을 때, 우리는 그 사람과 분명 처음 이별하는 것임에도 어렴풋이 이별을 짐작할 수 있습니다. 다만 마음은 입이 없어서 손끝의 저림으로, 쿵쾅거리는 심장박동으로, 지끈거리는 두통으로 신호를 보내온다는 비밀을 이제 알 것 같습니다.

마음은 어쩌면 우리의 수호신입니다. 한 사람의 삶을 지키려고 신이 마음을 하나씩 넣어준 것 같습니다. 다른 건 세상에 나가 구하며 살고, 구할 수 없는 마음은 처음부터 넣어줄게. 너는 너의 마음을 갖고 살아. 사는 데 중요한 힘이 되어줄 거야. 마음이 있어 우리는 우리를 살피는 일을 할 수 있습니다.

차례

얼른

치킨 한 조각을

먹으렴

한적한 오후 4시의 서점 카운터에 멍하니 앉아 있을 때였다. 서점에 입고될 책을 배송하는 트럭 특유의 소리가 있다. 다른 여러 택배 트럭과 다른 그 소리. 나는 다른 일을 하다가도 책 트럭이 멈춘 소리가 나면 으레 하던 일을 멈추고 나가 트럭 짐칸을 열어 책 박스를 꺼내는 배송 기사님과 인사를 하곤 했다. 배송 기사님이 도착해 내게 책을 전해주고 안녕하세요, 안녕하세요, 서로 인사를 주고받는 시간은 2, 3분 남짓에 불과한 짧은 순간이다. 그 짧은 인사를 하는 동안 기사님은 충청도 사투리로 매번 다르게 내 안부를 묻곤 했다. 생수나 귤이라도 나눠드리면 "나까지 왜

주는겨." 하면서도 활짝 웃는 얼굴로 받고는 했다.

오늘은 어쩌다 책 트럭이 도착한 지 수 초가 지난 다음, 뒤늦게 그 사실을 깨닫고 밖으로 나갔다. 배송 기사님이 트럭의 짐칸을 열어 우리 서점에 들어올 책을 찾고 있었다. 오늘따라 서두르는 손길의 기사님은 서점 밖으로 나오는 나를 보며 말했다.

"하던 거나 혀…."

내가 말했다.

"하던 거 없는데…."

트럭 짐칸의 문이 열린 쪽으로 같이 걸어가 책을 받는 내게 기사님이 다시 말했다.

"앉아서 뭐 생각했잖여."

나는 으하하 웃었다. 앉아서 하던 생각을 마저 하라는 농담에 담긴 따뜻한 마음. 내가 멍하니 있을 때 얼른 서점 안으로 책을 넣어주려던 배송 기사님의 바쁜 손길. 타인이 내게 하는 말에서 조그맣고 따뜻한 방 한 칸이 느껴질 때가 있다. 여유와 온기가 느껴지는 말의 공간. 나는 배송 기사님의 한두 마디 말 안에서도 자주 그 방의 온기를 느끼고는 한다.

그와 헤어진 지 1년 반 정도가 지났다. 수시로 멍하니 허공을 보며 지난날을 생각하던 나는 어느덧 허공 대신 책이나 현재를 보는 시간이 많아졌다. 내가 영원히 벗어나지 못할 것 같았던 그 시각, 그 장소, 그때의 고통들. 그때는 이미 거리가 더위로 담뿍 절여진 여름이었다. 마지막으로 만났던 날 그는 운전을 하며 저기 오른편에 코스모스가 피어 있다고 말했다. 가까이 가서 보니 그 꽃은 무궁화였다. 무궁화가 여름부터 가을에 걸쳐 핀다는 것을 나는 잊지 못하는 사람이 되었다.

"웬일이야, 가을인가 봐. 코스모스가 피었네."

그는 천진난만하게도 그렇게 말했지만 코스모스는 무궁화보다 먼저, 6월부터 피는 꽃이었다. 아무튼 그때는 한가하게 코스모스니 무궁화니 감상하기엔 곤란한 상황이었다. 그는 임신중절수술을 하러 산부인과로 향하는 순간에도 길가의 꽃을 보며 감탄할 수 있는 놀라운 감수성을 가진 사람이었다. 어쩜 길가의 꽃이나 찾아보며 감탄할 수 있을까. 그에게 자신의 몸 밖에서 벌어지는 일이란 속수무책으로 먼 세계의 일인 것일까.

"아, 아니구나, 무궁화네. 길에서 무궁화 처음 봐."

나는 대꾸할 말을 찾지 못해 물끄러미 무궁화를 봤다. 줄기가 길고 얼굴이 예뻤다. 별일 없다는 듯 한들한들. 거기와 비교해 나는 세상 모든 게 불편했고, 못생겼었다.

"네가 무슨 생각을 하고 있는지 모르겠어. 내 마음 편하게 좀 웃어주면 안 돼?"

무궁화 감상을 끝낸 그는 아무 말이나 하는 것 같았다. 뻔뻔하게도 가여운 표정으로. 그래도 나는 웃어줄 수가 없었다.

"지갑 샀나 보네."

나는 그의 새 지갑을 보며 그렇게 말했는데, 그때는 몰랐던 다른 여자 친구가 사준 선물이었다.

수술을 마친 나를 집으로 데려다주고, 모레 월요일에 다시 오겠다던 그는 오지 않았다. 장염에 걸려 팬티에 똥을 쌌다는 메시지 이후로 그는 돌연 모든 메신저에서 나를 차단했다. 나는 그가 마지막으로 보낸 메시지를 자주 꺼내 읽었다.

"장염에 걸렸어. 팬티에 똥을 싼 건 8살 때 이후로 처음이야."

팬티에 똥을 지린 이야기가 우리 사이의 마지막 말이 된 것이 왠지 의미심장하게 느껴졌다. 생각해보면 언제나 자신이 어떤 사람인지 일말의 부끄러움 없이 말해 온 사람이다. 나는 당황하기보다는 절묘하다고 생각했다. 잘 지내라는 말보다 헤어지자는 말보다 상당히 자신다운 독창적인 말이었다. 내가 정말 보기 드문 사람을 만났구나.

이후 나는 혼자 병원에 다녔다. 수술 후 며칠에 걸쳐 몸 밖으로 빠져나왔어야 할 피가 몸 안에 고여 있다고 했고, 펌프로 인위적으로 그 피를 뽑아냈다. 산부인과 진료용 의자에 누워 있던 나는 순식간에 시작되는 시술에 깜짝 놀라 제어할 수 없게 몸을 떨며 흐느꼈다.

"많이 아파요? 다 끝났어요. 다 됐어."

의사와 간호사가 말했다. 다 끝났다는 말은 수술 회복실에서 나올 때부터 계속해서 듣고 있었다. 아픈 것보다 끝없이 두려웠다. 내게는 계속 무언가 끝나지 않고 있었다.

조금 시간이 지나고 혹시나 하는 마음에 그에게 전화했다. 그는 내 목소리를 듣자마자 당황하며 미안해서 연락하지 않았다고 말했다. 그다음에는 자신의 이야기를 인터넷에 쓰지 말아 달라고 했다. 지난 일 년간 양다리였던 자신의 또 다른 여자 친구가 내 글을 찾아본다는 뉘앙스였다. 그것은 내게 말하기에는 영 이치에 맞지 않는 요청이었으나 나는 그러겠다고 했다. 이후로는 연락하지 않았다.

그때 나는 사실 금방 죽으려고 했다. 다 소용없다는 생각에 다니던 병원에도 더는 가지 않았고, 먹던 약도 함부로 끊었다. 곧 죽게 될 마당에 다 소용없는 짓이었다. 인터넷에 글을 쓰는 것도 살아 있는 사람의 일. 죽은 뒤에는 할 수 없는 일이라고 생각했다. 하지만 시간은 이렇게 흐르고 있다. 나는 조용하고 조용하게 계속해서 살아간다. 죽으려고 했던 수없이 많은 사람이 계속해서 살아가겠지. 그것은 세상이 살아갈 만하기 때문은 아닐 것이다. 나쁜 일, 힘들었던 일 다음에 그럼에도 불구하고 세상에는 좋은 일도 있고, 좋은 사람도 있고, 해야 할 일도 있고, 다가올 미래도 있다는 것을 깨닫게 되어서 삶을 계속하는 것은 아닐 테다.

어떤 때에, 삶은 단순히 방치된다.

모든 인생이 아름답고 소중하지는 않다. 그래도 계속해서 살아간다.

겨울바람이 부니 정신이 맑아졌다. 아침에 일찍 일어나고, 비교적 제때 설거지를 한다. 작년 겨울에 한 번도 켜지 않았던 보일러를 2년 만에 켜보았다. 작년의 혹독한 한파에도 사용하지 않은 채 어떤 관리도 없이 방치했으니 분명 고장 났을 것으로 생각했는데 무리 없이 훈기가 돈다. 말도 안 되지만 그러한 이유로, 훈훈해지는 방 안에 서서, 나는 다시 멍하니 허공을 보았다. 물끄러미 보일러를 바라보다가 울음이 터졌다. 잠겨 있던 따뜻한 물이 파밧 하고 터지는 듯한 소리를 내며 보일러실 배관을 통과하는 소리. 시간이 흘러 맨발바닥에 닿는 온기.

혹독한 추위에도 추운 줄 모르고 한 계절을 보내고 다시 겨울이 되었다. 지난겨울 아파트 관리비는 여름 수준이었다. 이번 겨울에는 작년보다 관리비가 많이 나올 것이다. 추위를 다시 알게 된 값이다.

나리 나리 김나리

12월의 마지막 월요일에는 좋아하는 황인숙 시인님에게 치킨을 선물 받았다. 서점이 문을 닫는 밤 아홉 시가 되기 조금 전에, 선생님은 경쾌한 목소리로 전화하셨다.

"나리야, 후암동 108계단 앞에서 아홉 시 십오 분에 만나자."

15분을 걸어 후암동 108계단 앞에 도착했더니, 선생님은 치킨이 포장되는 걸 기다리며 책을 읽고 계셨다.

"선생님!"

내가 반갑게 인사했다.

"아니, 갑자기 나리가 배고프지 않을까 싶은 거야."

그렇게 말씀하시면서 선생님은 포장된 치킨과 향기 좋은 비누와 수건, 겨울 양말 몇 켤레를 담은 종이가방을 함께 주셨다. 대중교통에 고소한 프라이드치킨을 들고 타는 사람들은 정말 양심도 없지, 다들 배고픈 시간에 너무 가혹하다고 생각하곤 했었는데, 다들 각자의 사정이 있었겠다는 생각이 들었다.

"급하게 나오느라 이런 것밖에 못 주네. 배가 많이 고프면 지하철 기다리면서 두 개 꺼내 먹어. 진짜 맛있을 거야."

선생님은 진짜 꺼내 먹으라고 냅킨도 함께 챙겨주셨다. 그러고는 시간이 늦었다고 마을버스에 나를 태워 배웅하면서 손을 흔들며 말씀하셨다.

"있지, 글 많이 써서 사람들 보여줘. 즐겁게 써."

동네 고양이들 나눠줄 사료가 가득 담긴 손수레를 끌고 뒷걸음질 치며 점점 멀어지는 선생님. 우다다 몰아친 겨울밤의 풍경. 세상에는 반드시 좋은 일도 있고 좋은 사람도 있다는 걸 알기 때문에 계속 살아가는 것은 아니다. 나는 자주 나 자신을 방치하며 살아왔지만, 이런 숱한 사랑들로, 이제는 좀 제대로 살아볼까, 싶어지는 것이다.

내게는 죽으려고 했던 순간들이 지겹도록 덕지덕지 붙어 있다. 그것은 내가 언젠가 단 한 번만 죽고 싶었던 것이 아니라, 일정 기간 동안 계속해서 죽고 싶었기 때문이다. 그동안 내게 벌어진 일은 대단히 질이 나쁜 일이었다. 가장 안타까운 것은 고통을 한 사람이 몰아서 받는다는 원망과 분노였다. 불공평하다고 생각했다. 같은 문제에 두 사람이 연관되었음에도 불안과 고통은 한 사람이 도맡는다. 다른 한 사람은 문제 자체가 주는 고통과 고통받는 자의 고통 중 어느 것과도 상관없이 자신의 일상을 일구어간다.

고통을 받고 더 나은 사람이 되거나 슬픔을 딛고 더 좋은 글을 쓰는 사람이 되는 거라면 나는 그런 고통과 슬픔은 다 없어도 좋다고 생각했다. 나는 매일매일 죽고 싶어 하면서 또 돌연 행복해지고 싶어 했다. 제대로 살자고 고개를 끄덕이며 두 손을 움켜쥐고 힘을 내다 보면 또 눈물이 났다. 아마도 내가 제대로 사는 것은 이제 틀렸다고 생각했던 것 같다. 나는 인간이 살아가는 데 필요한 능력, 말하자면 폐활량이나 기초대사량 같은 영혼의 최소 능력치가 있다면 그것을 돌이킬 수 없게 훼손당하고 말았다고 생각했다. 그러나 영혼은 다시 가꾸어진다. 어디선가 대책 없이 용기의 바람이 불어온다. 내가 잠시 잊었을 때도 나를 생각하는 사람들의 염원이 언젠가 내게 닿는다.

마음껏
사랑하려고
쓰는 글

나는 아주 오래전부터 사랑 없이는 살 수 없는 사람이 되고
싶었다. 끔찍할 정도로 지독한 사랑에 빠지고 싶었다. 아마도 내
삶에 충분한 사랑이 드리웠던 적이 없어서 사랑에 대한 환상에 사
로잡혔던 것 같다. 너무 사랑하고 싶어서 어렸을 때는 전도도 받
지 않고 혼자 교회에 간 적도 있었다. 거기 가면 끈끈한 사랑이 넘
칠 것 같았기 때문이었다. 나는 그 사랑의 구성원이 되고 싶었다.

일요일 아침이면 사람들이 교회 앞에 서서 서로 다정하게 인
사를 나누며 주보를 전해주는 광경을 멀리서 바라보고는 했었다.
나는 거기서 "믿음, 소망, 사랑, 그중 제일은 사랑이라"라고 말하

나리 나리 김나리

는 「고린도전서」 13장 13절의 말씀을 처음 읽었을 때 눈물이 핑 돌았던 걸 기억한다. 아마도 열세 살 즈음이었던 것 같다. 교회에 계속 나가지는 않았지만, 이 구절만은 정말 사랑했다. 청승맞은 아이였다.

다시 말하면, 나는 진심으로 사랑 없이 살 수 없는 사람이 되고 싶었다. 그러기에 작가란 썩 좋은 대안으로 보였다. 사랑을 지어내는 것을 직업으로 삼는다면, 아낌없이 펑펑 사랑하며 살 수 있을 줄 알았다. 하지만 그런 것만으로는 작가가 될 수도, 글을 잘 쓸 수도 없다는 걸 아주 뒤늦게 깨닫게 되었다. 문학은 사랑과 아주 관련이 없는 것은 아니지만 그게 중요한 문제가 아니었다. 물론 여기서 거창한 문학 담론을 펼치려는 것은 아니지만.

아무튼 나는 글은 제대로 못 쓰는 채로 내 모든 취향과 상상을 바쳐 그들을 사랑했다. 하지만 그건 연애 관계가 아니라는 걸 뒤늦게 알게 되었다. 나는 상대를 되바라진 사람으로 길들이는 관계를 맺었다. 가스라이팅과는 조금 다르다. 나의 이런 마조히즘적인 성향이 나를 착한 사람으로 오해하게도 하지만 나 자신을 망가뜨리곤 한다는 것 역시 잘 알고 있다. 하지만 그 과정과 결과가 자발적이라면 그게 정말 망가지는 걸까?

나는 종종 내가 상대를 스스로 나쁜 사람이 된 것 같은 착각에 빠지게 한다는 것을 알고 있다. 나를 피해자의 자리에 둔다

기보다는 인내하는 사람의 자리에 두는 것인데, 그렇게 되면 상대는 관계의 다음 단계를 위해 아무리 나와 싸우고 싶어도 그럴 수가 없게 된다. 이것은 어떤 의미로는 소통의 단절이 될 수 있다고 생각한다. 하지만 나는 이렇게 방어적으로 자란 나를 다른 성향의 사람으로 바꾸는 것에 굉장한 어려움을 느낀다.

쉬운 예를 들면, 어느 날 갑자기 엄마가 내게 저녁을 함께 먹자고 이야기한다. 나는 다른 일이 있거나 같이 먹을 기분이 아니어서 약속이 있어 곤란하다고 말한다. 곤란하다고 말하는 마음이 정말로 곤란할 정도로 미안함을 느낀다. 기대를 저버리고 말았겠네, 이런 사람이라서 미안하네, 하고 과장해서 상황을 생각하는 것이다. 그러면 필요 이상의 사과를 하게 되고, 상대는 괜찮다고 말하다가 어느 순간 묘하게 거북한 마음을 갖게 된다. 내가 꼭 별일도 아닌데 유난스러운 꾸짖음을 하는 사람이 돼버린 것 같네? 하고. 처음에는 의식하지 못하더라도 이런 일이 반복되면 상대는 기필코 지치고 만다.

'단지 같이 만나 밥을 먹고 싶을 뿐인데 왜 자꾸 내가 나쁜 사람이 되는 것만 같지? 혹시 나와 함께 있는 걸 싫어하는 걸까?'

늘 반복되는 패턴이다. 나는 이런 나를 좋아하지 않는다. 하지만 계속 그렇게 한다. 이런 자신이 싫지만 이렇게 해야 편안해지는 마음을 포기하지 못하는 것이다. 이런 이상한 마음을 사람들이 이해할 수 있을까? 나는 종종 이런 자신이 어리광을 부리고 있다는 생각이 든다. 부끄럽다.

글을 계속 쓰고 있고, 또 쓰고 싶다. 그런데 공모전에 투고도 제대로 하지 않고, 발표도 미루고, 출간을 약속한 계약이 마감일을 훌쩍 넘겼지만 자꾸만 아직은 안 된다고 미루고 있다. 계속 내 글이 아직은 무르익지 못했다는 생각에 스스로 제동을 걸게 된다. 시작하지 않으면 무르익을 수 없다는 걸 왜 모르는 것처럼 구는 걸까. 이제 적지 않은 나이이니 시작을 해야만 한다.

코로나가 발발하기 전, 신작을 발표한 황정은 작가의 북 토크에 갔었다. 그때 나는 깜짝 놀랄 말을 듣고 말았다.

"저는 이미 기성세대이기 때문에, 기성세대로서 가져야 할 책임이 있다고 생각해요. 이런 사회를 만든 것에 저의 책임도 있다고 생각하고, 제가 할 수 있는 일을 해야 한다고 생각합니다."

똑같은 말은 아니지만 대략 이런 이야기였다.

스무 살이 되던 해, 나는 문예창작과에 진학했다. 그때 가장 주목받는 젊은 작가는 단연 황정은이었다. 두 권의 책을 낸 직후였다. 나는 대학에 와서 황정은 작가를 알게 되었는데, 금방 그 세계에 매료되고 말았다. 그리고 내 마음속에서 황정은은 언제나 가장 젊은 작가였다. 영원히 나이를 먹지 않았다. 그런 작가가 어느 날 갑자기 내 앞에서 그런 말을 한 것이다.

"저는 이미 기성세대이기 때문에."

심지어,

"기성세대로서 가져야 할 책임이 있다고 생각해요."

나는 몹시 충격받고 말았다. 내 안의 영원한 젊은 작가가 기성세대가 되었다는 사실 때문이 아니었다. 자신의 나이를 정확히 짚어가며 현실을 사는 작가가 소름 끼치게 멋있었고, 한편 영원히 어른이 되기를 미뤘던 것은 아닌지 나 자신이 부끄러웠다. 크게 뒤통수를 얻어맞은 것처럼. 나는 지금껏 자신을 기성세대와 분리하는 어른만 만났었다. 자신이 그 세대라는 걸 인정하는 어른은 처음 보았다. 내게 그 장면은 오랫동안 기억될 것 같았다. 내 나이에 맞는 아름다움을 살자. 그날부터 나는 꼭 나잇값을 하려고 노력하고자 한다.

나는 이제 사랑 없이 살 수 없는 사람이 되고 싶지 않다. 감정이 인생의 신념이 될 수 없다는 걸 알게 되었다. 감정은 흘러가는 것이고 신념은 그런 것이 아니라는 것을. 감정이 신념이 되면 사랑이 실패했을 때 인생이 무너진다. 그렇게 살 수는 없다는 것을 나는 내 인생을 전부 바쳐 배웠다. 그래서 이제는 무엇을 써야할까 생각한다. 내가 사랑에 매달리는 글을 쓰고 싶어서 제대로 된 것을 못 써왔으니, 이제는 다른 것을 생각해보려고 한다. 말하자면 사람이 살고 있다는 증거 같은 것. 어떤 방향으로 움직이려

나리 나리 김나리

는 인간의 낱낱의 이야기 같은 것. 그런 걸 쓰려고 하면 쓸 수 있지 않을까. 믿음도 소망도 사랑도 상관없이 말이다.

해방촌 골목 끝
작은 식당
'혼고'

주말 아르바이트를 시작했다. 이따금 혼자 술을 먹던 단골
식당에서 일하게 되었는데, 나는 왠지 좀 신난 기분으로 첫 출근
을 했다. 가게의 주인인 은정과 케바라는 세네갈 출신 사수와 일
하게 되었다. 우리는 서로를 은정, 케바, 나리라고 부르기로 했
다. 초반 몇십 분 동안 공손한 호칭이 —이름 뒤에 '님'을 붙인다
거나— 나가는 건 어쩔 수 없었지만, 나는 곧 혼고만의 쾌활한 분
위기에 스며들었다. 은정이 케바에게,

"케바, 텃새라는 말 알아?"

했더니 케바는 어리둥절했다. 케바의 이해를 돕기 위해 번역

나리 나리 김나리

기에 검색해보았지만, 결과는 영 신통치 않았다.

"새로운 멤버에게 언프렌들리하게 하는 거야."

은정의 농담에 케바는 깜짝 놀라며 눈을 동그랗게 떴다.

"아니야. 그러지 않아."

케바는 정말 그러지 않았다. 내가 손님에게 제공해야 할 반찬이나 앞접시 같은 걸 깜박해 당황하고 있으면, 괜찮다고 말해주었다.

사용한 그릇이 개수대로 옮겨질 때마다 설거지를 해놓으려고 하면,

"괜찮아."

라고 느긋하게 말해주었다. 이따가 한꺼번에 해도 돼.

케바가 "너 영어 잘해?"

라고 물어봐서 그렇지 않다고 했더니,

"괜찮아"

라고 역시 말해주었다. 손님 테이블을 치울 때 소독제로 마무리해야 한다는 걸 알려줄 때, 케바는 손가락으로 방아쇠 당기는 시늉을 하며 말했다.

"이거, 여기 칙칙이 해야 해."

칙칙이는 너무나 한국말이라 나는 감동하고 말았다. 케바도 내가 더 잘 알아들을 수 있는 단어를 고르고 있구나. 나는 케

바와 더 소통하기 위해서 퇴근하고 집에 돌아와 먼지 쌓인 영어 교재를 다시 꺼냈다.

해방촌 혼고에서 우리가 가장 행복해하는 시간은 문을 닫고 저녁을 먹는 때다. 정성껏 직원 식사를 만들어 먹고 수박을 썰어 먹는 시간. 서로에게 친절한 시간은 아무리 반복되어도 지겹지 않아서 매주 이 시간을 좋아하고 있다.

음료 쇼케이스 앞에 선 은정과 케바가 팔짱을 끼고 아주 진지한 대화를 나누고 있어서 무슨 일이 있나, 하고 가보면 열에 아홉은 서로가 먹고 싶은 저녁 식사 메뉴 이야기다.

"우리 오늘 뭐 먹을까?"

"나리 어떻게 생각해?"

그러고는 아주 신중한 말투로 돌아오는 질문.

"오늘은 새로 들어온 토시살을 구워 먹는 게 좋겠어. 왜냐면 새로 들어온 고기를 나리가 아직 못 먹어봤잖아. 어떻게 생각해?"

"가자미를 사둔 게 있어. 한 마리씩 먹는 거 어때?"

매주, 매주 아주 많은 좋은 생각들. 우리는 오늘 무엇을 먹을까. 맛있는 걸 먹자.

일하면서 우리가 제일 많이 하는 말은 "problem 있어?"이다. 그게 무슨 말이냐면 도와주겠다는 말. 당황하거나 곤란해하지 말라는 말. 있던 problem도 갑자기 없어진다. 어, 괜찮은 거 같네. 실제로 그 말을 듣는 순간 별문제가 없다고 생각하게 된다.

지난 주말에는 폭우가 내렸고, 나는 가게 바로 옆에 있는 은정의 집에서 위스키를 일 리터쯤 신나게 마시고 잠들었다. 면세점에나 가야 사볼까 싶은 비싼 위스키였는데 은정은 선뜻 내주었다. 폭우가 내리는 소리와 함께 마시는 위스키는 너무 맛있었다. 왠지 귀한 손님이 된 것만 같아 황송했다.

"저 되게 귀한 손님 같아요."

"귀한 손님 맞지."

그리고 위스키와 함께 먹은 은정 어머니의 오이지가 환상적으로 맛있었다. 다음 날 일어났을 때 은정은 라면을 끓여 먹으라는 메시지와 함께 집을 비웠다. 샤워를 마치고 바로 집으로 가다가 라면을 끓이러 싱크대 앞에 섰을 때 나는 깜짝 놀랐다. 싱크대 위에는 라면 한 봉지와 수염을 손질한 싱싱한 흰다리새우 한 마리와 냄비와 예쁜 그릇이 줄 맞춰 나란히 앉아 있었다. 라면 한 봉지로 감동받는 일이란 이런 거구나. 나는 마음 쓰는 일에 대해 생각했다. 은정이 먼 훗날 내게 서운한 말을 해도 이 라면과 새우

와 나란히 앉아 있는 마음을 떠올리면 백 번쯤은 마음이 녹을 것 같았다.

어느 날은 가게에 스무 살 청년 셋이 술을 마시러 혼고를 찾아왔다. 5시에 오픈하는데 4시부터 와서 밖에서 기다렸다. 오픈 시간을 알려주면 잠깐 다른 데 갔다 올 줄 알았는데 참나물 박스를 버리러 나갔을 때 셋이 나란히 줄 서서 가게 앞에 서 있는 걸 보고 어머 어쩜 이렇게 귀여울 수가 있을까, 깜짝 놀라고 말았다. 결국 그들은 4시 50분에 가게에 들어올 수 있었다.

그들은 고심 끝에 사케를 시켰는데, 셋이서 반병을 나눠 먹더니 금세 벌겋게 취하고 말았다. 그들은 오늘 사케를 처음 먹어보는 거라고 말했다. 막걸리 냄새가 난다고 하고 소주보다 달다고 했다. 잔이 예쁘다고 말하고 함께 서빙된 도쿠리를 신기해했다. 아주 조심스럽게 한 잔 한 잔 따라 나눠 마셨다. 지난주에는 막걸리를 처음 마셨다고 했다. 취향을 찾아가려는 그들의 여정을 응원하고 싶었다.

이상한 말이라고 생각할 수도, 누군가 동의해줄 수도 있겠지만, 나는 매일매일 '계속해서 살아 있는 상태'를 유지하는 것이 언제나 버겁다. 그래서 틈만 나면 힘을 내려고 한다. 물론 매일 그런 극단의 힘을 내는 것은 힘든 일이지만. 평일 오후 네 시부터

나리 나리 김나리

열심히 인터넷으로 알아본 술집을 찾아다니는 앳된 청년들은 무엇을 해도 즐겁게 추억으로 남길 수 있는 사람들 같았다. 그 나이에 경험해볼 것들을 찾아 열심히 살고 있네, 괜히 뭉클한 마음이 들었다.

당신의 오늘 하루는
어땠는지
궁금해하는 사람

일주일에 하루는 해방촌에 있는 작은 서점에서 일하고, 주
말에는 해방촌 골목 끝에 있는 작은 식당에서 일하고 있다. 수요
일에는 고등학생 아이들과 글쓰기 수업을 한다.

주말에 식당에서 함께 일하는 케바는 세네갈에서 왔다. 그
는 내게 하고 싶은 말을 하기 전에 늘 "How was your day?" 하
고 말했다. 그런데 매번 정말 궁금한 것은 뒤에 따라붙는 본론이
아니라 "How was your day?"인 것처럼 느껴지게 말했다. 다정
한 말은 기쁨이 되는구나! 나는 케바의 인사를 들을 때마다 그렇
게 속으로 기뻐했다. 대화의 기쁨에는 여러 장면이 있겠지만, 상

나리 나리 깜나리

대의 안부를 살피는 다정한 마음이 전해질 때의 기쁨을 따라올 수 없다. 외로움의 반대말은 모르고, 그 근처의 말들은 알고 있다. 외로움 근처에는 다정, 친절, 위로, 사랑이 있다. 그리고 그것들 바로 옆에 외로움이 살고 있다는 것을 안다.

어떤 단어를 너무 많이 사용해서 지겨워질 때, 다른 단어는 없을까 하고 유의어를 찾아보곤 하는데, 그러면 본래 사용하던 단어의 평수가 생각보다 넓다는 것을 깨닫곤 한다. 잘 모르고 쓰던 말을 이제야 제대로 알고 쓰는 듯한 기분이 든다. 그래서 다시 본래 쓰던 단어로 돌아가 계속 그 단어를 쓰기도 한다. 지겨운 단어란 없는 듯하다. 그것은 단어의 의미를 충분히 몰라서 생기는 오해 같다.

"How was your day?"

오늘 어떤 하루였어? 나는 매일 솔직하게 대답한다.

"나 오늘 정말 힘들었어."

그러면 케바는 눈꼬리를 내리며 탄식한다.

"problem 있었어?"

"tired 조금."

"왜?"

"잠을 잘 못 잤어."

고작 그 정도의 일에도 케바는 그 기분을 이해할 수 있다고 말해준다. 그리고 일하면서 때때로 내 곁에 와 물어본다.

"나리, 지금 괜찮아?"

조사가 흔하게 빠지는 서툰 한국말이 귓속을 파고들면, 마음은 조금 더 간지러워진다.

걱정하는 마음이 우리를 더욱 친밀하게 하는구나.

주변에 걱정을 끼치지 않아야 한다고 노심초사하며 살아왔던 나는 걱정의 이모저모에 대해 다시 배운다. 꾸준히 살아가며, 다정한 마음들을 사랑하며.

세탁기로서
글쓰기 　　　　— 일단 시작해야

　　　　　　　　　　다 쓸 수 있다

　　괜한 유난이라고 할지 모르지만 평소에 나는 전화 통화를 피하는 편이다. 가족 중에서도 엄마와 동생만이 예외로, 먼저 누군가에게 전화를 거는 일은 극히 드물다. 혹시라도 전화가 오면 받지 않고 벨이 끊기기를 기다렸다가, 바로 메시지를 보낸다. 지금은 통화하기 어렵습니다, 무슨 일이신가요.

　　왜냐하면,

　　창피하기 때문에.

　　나는 전화기를 든 채 멀리 있는 상대방과 허공에서 목소리로 연결되는 일이 부끄럽다. 정말, 진심으로 다른 이유는 없다. 오직,

'지금은 창피하여 전화 통화를 하기 어렵습니다.'

어쩔 수 없이 통화하게 되면 목소리가 우스꽝스러워진다. 자신감이 없어 말끝이 계속 흐려지고, 상대방은 계속 되묻는다. "잘 안 들려. 좀 크게 말해." 자연스레 전화가 울리는 횟수는 점차 줄어들어 이제는 거의 아무도 내게 전화하지 않게 되었다.

평소와 다르게 오늘 밤에는 전화가 많이 울렸다. 무려 세 번이나. 보통 일주일 동안 울리는 것보다 많다. 11시 38분에 후배 R, 11시 59분에 친구 S, 0시 38분에 친구 C였다. 웬일인지 나는 연달아 전화를 받았다. 그들은 모두 그냥 한번 걸어보았다고 했다. 문득 네 생각이 나서. 그냥 한번. 수많은 사람 중 나를 떠올렸다는 것은 언제 생각해도 신기한 일이다. 그리고 속으로 가장 놀란 일은, 내가 오늘은 기어들지 않는 온전한 목소리로 통화를 무사히 마쳤다는 사실이었다.

나는 나를 추측했다. 낮부터 온몸에 빨간 두드러기가 번지고 있는 것이 무서운 마음이 들어서, 아무나 붙잡고 아무 말이나 하는 것으로 두려움을 이겨내고 싶었던 걸까. 아니지, 그냥 그때의 기분이었겠지. 모든 일에 뜻이 있을 수는 없다. 나는 일목요연한 사전이 아니다. 기분이란 게 사실 놀라울 정도로 많은 일을 해내거나 망친다.

글을 쓰기 적당한 기분을 찾기 위해서 몇 시간을 허투루 돌아 자리에 앉는 한심한 나날들. 왜 프로 작가처럼 자리에 앉자마자 쓸 수 없을까, 왜 이렇게 어설프게 기분이 중요할까. 늘 자책했다. 회사에 다닐 때는 퇴근하고 늦은 저녁에 집으로 돌아오면 글쓰기 적당한 기분으로 마음을 환기하기가 어려웠다. 아무것도 아닌 그 기분 때문에, 나는 결국 회사를 그만두었다. 인생의 몇 년 정도는 온전히 글쓰기 적당한 기분으로 생활하고 싶었다.

얼핏 다루기 쉬워 보이는 그 기분 안에는 한 사람의 가장 최근 상태가 생생히 담겨 있다. 마음의 불편함과 기쁨, 설렘과 짜증 따위는 그때그때 스쳐 지나가는 것이 아니라, 하나의 도착지라고 생각했다. 그래서 내 마음 안에는 내 마음만 있는 게 아니라고. 내가 만난 세상의 모든 것들이 난쟁이들처럼 작아진 다음, 마음속에 마을을 이뤄 매일매일 꾸준히 살아간다고.

물론 내 문제지만 매번 진위가 의심스럽고 이상한 일이다. 낮에 아무리 시간이 많아졌어도 꼭 써야만 할 글이 많으면 평소 취침 시간이 아닌 이른 낮부터 잠이 쏟아진다. 버티다 결국 11시가 되자 참지 못하고 쪽잠을 자기로 한다. 두 시간만 자고 1시에 일어나서 일하기로 계획을 수정하는 것이다.

이때부터 예고된 후회가 시작된다. 알람을 열 개나 맞춰 두었지만, 결국 아침까지 푹 자고 마는 것이다. 잠결에 알람을 다

지우고 불현듯 눈을 떴을 때는 이미 창문 밖으로 지저귀는 새소리가 들리고, 중천에 오른 태양이 머리 위로 느껴진다. 나는 자신에게 침착하자고 말한다. 의연한 척 기지개를 켜고 괜찮네, 기분 괜찮네, 잘 자서 더 좋네, 불안을 뚫고 말한다. 그런 다음 이번에는 기특하게도 '5분만 더'를 하지 않고 자리에서 일어나 커피를 내리고, 커피에 데운 우유를 타고, 세탁기를 돌린다.

세제 냄새를 맡으면, 몸속 깊은 곳까지 세탁된 기분이 들어 좋았다. 불가능한 일이지만, 언젠가 한 번쯤은 세탁기가 되어봤으면 좋겠다. 나는 세탁기가 된 나를 상상해본다. 볕 좋은 베란다에 놓여 일주일에 두세 번 몸을 움직일 뿐이다. 몽글몽글 매끈한 거품을 내고 깨끗한 물로 옷을 헹군다. 나머지 시간은 아파트 경치가 내려다보이는 베란다에 앉아 계절이 지나가는 걸 느끼며 사색에 잠긴다. 오로지 세탁과 사색밖에 없는 장인의 삶.

그때 마침 핸드폰에 온라인 서점에서 보내온 알림 메시지가 도착했다. 강영숙 소설가의 신간 알림이다. 나는 이런 일로도 기분이 맑게 좋아진다. 그녀의 세탁기가 훌륭하고도 꾸준하게 작동하고 있는 것 같았기 때문이다. "나리야 나는, 3년 동안 새 작품 발표가 없다면 더는 작가가 아니라고 생각해." 오래전 가슴에 담아둔 그녀의 말이 떠오르며 게으름과 무기력함에 뒤처지려는 현재의 마음을 일으킨다. 그리하여 이런 날은 결국, 이를테면 제

　　　　　　　　　　나리 나리 김나리

대로 작동하는 세탁기가 되면 좋겠지, 싶어진다.

가전제품으로 살아간다면 단연 세탁기겠지, 나는 고민 없이 선택할 수 있다. 장롱이나 책꽂이, 신발장처럼 문을 닫은 채 내내 한자리에서 버티기만 하지 않아도 된다. 포근해서 좋다지만 침대처럼 언제나 상대를 끌어안을 수도 없는 노릇이다. 냉장고처럼 늘 긴장하고 있지 않아도 된다. 음식물이 상하지 않게 보존하지 못했다고 자책하지 않을 수 있다. 세탁기는 볕 좋고 환기 잘되는 베란다에서, 창밖을 내다보며, 이따금 버튼이 눌릴 때 순서에 맞춰 깨끗하게 세탁하는 일에만 최선을 다할 수 있다. 부르릉, 본격적으로 시동을 걸며. 온몸을 굴리고 비틀며. 글자들을 헹구며. 물을 받기부터 세탁, 헹굼, 탈수를 거쳐 소재와 구성, 문장에서부터 세계까지. 널어지고 말려져 다시 서랍까지. 오로지 그 일만 할 수 있다면!

꾸준히 글을 쓰자면 역시 단연 세탁기처럼 하는 것이라고, 세제 냄새를 맡으며 생각한다.

애틋한
마음으로
이름 짓기

　해방촌 혼고는 '혼자 고기 먹는 식당'이라는 뜻이 있다. 은정은 오래 다닌 회사를 그만두고 앞으로 무슨 일을 할까, 좋아하는 일을 하고 싶다, 하고 생각하다가 고기를 좋아하니 고깃집을 차리자, 혼자서도 고기를 구워 먹을 수 있는 가게가 있다면 좋겠다는 생각으로 해방촌 골목 끝자락에 작은 가게를 차렸다.

　혼고에서는 고기와 함께 먹는 반찬으로 삼삼한 양념에 참나물을 무쳐 손님에게 내어주는데, 고기와 궁합이 잘 맞는다. 참나물을 물에 헹궈 가위로 손질할 때면 당연하게도 향긋한 참나물 향이 물씬 풍긴다. 나는 그 냄새를 맡을 때마다 기분이 좋다. 손님들은 이따금 참나물을 미나리나 취나물이라고 말하며 리필을 요청하는데, 그때마다 나는 참나물이라고 말을 해야 하나, 고민 하다가 아무려면 어떤가 싶어 참는다. 하지만 실은 아무려면 어떤가가 안 되는 모양인지 참나물을 다른 이름으로 부를 때마다 참나물인데, 싶어 아쉽다. 참나물이라서 냄새가 이렇게 좋은데.

오늘은 서점에 출근하며 감을 샀다. 작은 바구니 하나에 오천 원. 감 두 개는 카페 '오랑오랑' 알바님에게, 감 두 개는 서점 앞에 앉아서 담소를 나누던 동네 할머니 두 분께 나눠드렸다. 서점 앞에는 고양이 사료와 물을 두는 자리가 있다. 그 그릇에 사료가 떨어졌다고 내가 알아차릴 때까지 서점 문 앞에서 고개를 갸우뚱해 보이는 고양이 수지에게는 사료를 한 컵 쏟아주었다. 할머니 두 분이 건물 앞 계단 턱에 앉아 이야기를 나누는데, 지나가는 동네 사람들이, 햇볕에 앉으시지, 안 추우세요?, 할머니 햇볕에 앉으세요, 이렇게 말하면, 할머니들은 여기가 시원해서 좋다며 자리를 옮기지 않았다.

"감이 참 예쁘네."

할머니 두 분은 감을 받으면서도 말씀하시고 감을 다 먹고도 말씀하셨다. 감이 참 예쁘네. 그죠, 감이 참 예뻐요. 응, 감이 예쁘고 맛있네. 고마워. 어떻게 감을 줄 생각을 했지?

"혼자 먹기는 많아서요."

"그랬구나."

서점 앞에서 밥을 먹는 고양이들에게는 우리끼리 부르는 이름이 하나씩 있다.

통유리로 된 서점 문 밖으로 까만 얼룩이 있는 고양이 이백이가 지나가는 게 보였다. 이백이가 좋아하는 캔을 꺼내 밖으로 나갔더니 그사이 이백이가 보이지 않았다. 나는 캔 사료를 담은 그릇을 들고 두리번거리다가, 이백아, 하고 작게 말해보았다. 이백아. 연달아 두 번 불렀을 때, 물론 그것은 이백이의 본명이 아니고 나와 서점 사장님이 부르는 별명일 뿐인데, 실제로 이백이가 저쪽 담에서 후루룩 걸어 나왔다. 어? 내가 당황하며 이백아? 라고 말하니 얌전히 내 앞으로 와 몸을 늘어뜨리고 앉았다. 나는 이백이 앞으로 캔 사료를 담은 그릇을 놓아주었다.

"이백아. 너 어떻게 네가 이백이인 거 알았어?"

배가 고팠던 것은 아니었는지 몇 번 입맛만 보다가 다 남기고 이백이는 어느새 사라졌다. 고양이들은 늘 영역을 살피느라 발길이 바쁘다.

서점 앞에 찾아오는 고양이들뿐 아니라 인근 몇 군데에도 하루에 한 번씩 고양이 밥과 물을 챙겨준다. 나야 일주일에 한두 번 정도일 뿐이지만, 황인숙 시인님과 서점 사장님은 매일같이 몇 곳을 정해두고 고양이 밥을 챙긴다. 시인님은 더 넓게 저 후암동 아랫동네 일대까지 보살핀다. 아무리 고양이를 좋아한다지만 이 일은 때로 귀찮다. 사료와 캔과 물과 빈 그릇을 챙겨야 하고, 걸어야 하고, 혹시 누군가 시비를 걸지는 않을까 눈치를 살펴야 한다. 하루쯤 건너뛴다고 고양이들이 죽기야 할까. 그런 몹쓸 생각이 들 때도 있지만, 그럴 때마다 나는 배고픈 고양이를 떠올렸다.

배가 고파도 배달 음식을 시켜 먹을 수 없는 고양이. 목이 말라도 물을 틀어 마실 수 없는 고양이를. 그리고 오늘 내가 먹고 마신 것들. 이 시간까지 그저 길을 쏘다니기만 했을 고양이들. 그런 생각을 하며 퇴근 시간을 미루고 몸이 일으킨다. 늦게 밥을 주러 나선 날에는 고양이들이 먼저 와서 기다리고 있었다. 애옹애옹 아기 같은 목소리로 늦은 나를 보챘다. 미안해, 미안해. 눈도 마주치지 않고 그렇게 말하고 사료와 물을 주고 곧장 돌아서지만, 추운 날에는 조금이라도 따뜻한 물을 담아주려고 하고 더운 날에는 냉장고 안에 물을 차갑게 해두었다가 가지고 나간다. 비가 오는 날에는 버려진 상자 따위를 활용해 사료가 젖지 않도록 무슨 수를 쓴다.

하루는 서점에 외국인 여성이 들어왔다. 영어로 말할 수 있는지 묻기에 나는 서툰 영어로 필요한 책이 있는지 되물었다.

"지금 밖에 고양이요. 이름 알아요?"

서점 앞에서 삼색이가 밥을 먹고 있었다.

"삼색이 이야기하시는 거예요?"

외국인이 기쁜 기색으로 말했다.

"저 고양이 이름은 뷰티폴이에요."

"뷰티폴이라고요?"

"제가 이 동네 사는데 집 앞에서 뷰티폴 밥을 줬거든요. 지난겨울부터 뷰티폴이 계속 안 보여서 걱정했는데. 오, 세상에! 여기서 밥을 먹고 있다니! 여기서 이렇게 사료를 기부해주고 있는 것, 정말 정말 고마워요. 지나갈 때마다 고마웠어요. 그런데 뷰티폴도 여기서 밥을 먹었다니!"

"저희도 고양이를 좋아해요."

"정말 고마워요!"

우리는 연신 서로 고맙다고 대꾸했다. 그녀는 인스타그램을 열어 밥을 먹고 있는 수많은 뷰티폴의 사진을 보여주었다.

"아름답죠? 아름다워서 이름이 뷰티폴이에요!"

삼색이의 이름이 어딘가에서 뷰티폴이었다니.

호명에는 대상을 대하는 기운이 담겨 있다. 사전에는 낱말의 의미와 그 용법은 정리할 수 있겠지만, 단어마다 각자가 다르게 느끼는 주관적이고 개별적인 애정을 담을 수는 없다. 누군가 나의 이름을 부를 때면 그 사람이 나를 대하는 마음이 전해진다. 같은 이름인데도 그때그때 뉘앙스가 다르다. 이름만 불렀을 뿐인데도 혼나는 기분이 들 때도 많다. 나는 혼잣말로 내 이름을 스스로 부르는 버릇이 있는데, 불안할 때 계속 이름을 부르면 묘하게도 조금 진정이 된다. 기운 내, 반가워, 사랑해, 괜찮아, 괜찮아? 그 모든 감정을 전할 수 있는 이름 부르기. 이름 부르기는 부르는 대상이 누구인지를 알려주기보다 대상을 대하는 마음과 둘 사이의 거리를 보여준다.

끝없는
친구들

혼고는 주말 영업을 오후 세 시부터 시작해서 열 시에 마치고 있는데, 일곱 시쯤이 고비다. 세 시 예약 손님들이 다녀가고 다섯 시 예약 손님들이 차례로 다녀가고 난 일곱 시쯤이 되면 은정과 케바와 나는 다들 조금씩 지쳐 있다. 조금 허기지고 갈증이 난다. 이때 마시는 시원한 생맥주 한 잔은 깊은 산속의 옹달샘 같다. 달콤하고 시원하다. 그리고 다시 힘을 내 남은 시간을 꾸려간다. 은정과 나는 빨리 남은 세 시간 열심히 장사하고 놀러 가야지, 하고 신을 낸다.

열 시가 될 즈음 마무리 설거지를 하고, 바깥에 내어 둔 화분을 들여오고, 작은 가게 안을 청소기로 밀고, 노란 간판 불을 끄고 나면 종종걸음으로 해방촌 아랫동네에 있는 펍 '리빙룸'으로 간다. 정말 편안한 거실 같은 그곳에서 두 잔 정도 술을 마신 다음 신나게 막춤을 추고 다시 가파른 언덕을 한달음에 걸어 올라온다. 온몸에 땀이 흠뻑 젖게 되는데, 그때 샤워를 하고 나오면 노곤하니 하루 동안 낼 수 있는 힘을 다 쓴 기분이 들어서 좋다. 잠깐 은정과 이야기하려고 의자에 마주 앉으면 꼭 새벽 세 시가 되어 있다. 매주 꼬박꼬박 만나는데도 매주 할 이야기들이 늘어만 간다. 말은 오갈수록 나무처럼 키가 자라고 풍성해져서 자주 이야기를 나누는 사람들 사이에서는 무럭무럭 가지를 뻗어나간다.

친구가 계속 생긴다. 친구는 어릴 때 사귀어서 오래오래 지켜가는 것인 줄 알았는데 놀랍게도 나이를 먹고서도 친구가 계속 새롭게 생긴다. 치명적인 과거의 슬픔이나 고통을 통과의례처럼 고백하거나 공유하지 않아도 자연스럽게 지금 있는 그대로의 상태로 서로를 알아보고 좋아하고 응원과 애정을 보낸다.

은정은 여러모로 나와 많이 다른 사람이다. 내성적이고 부끄러움이 많은 나와 달리 은정은 감정을 표현하고 의견을 말하는 데 주저함이 없다. 혼자 있을 때 주로 방에서 책을 읽거나 잠을 자며 큰 에너지 소모 없이 지내는 나와 달리 아침 일찍부터 산책과 운동으로 규칙적인 일상을 일궈나간다. 나는 나와는 결이 다른 은정의 일상을 곁에서 보며 그 에너지에 놀라워하는 틈에 나라는 사람의 경계가 조금씩 달라지는 것을 느낀다. 이를테면 나는 남들 눈치를 보지 않고 막춤을 추고 나면 얼마나 속이 시원해지는지와 같은, 전에 하지 못했던 일들을 알게 되었다.

골치 아픈 일이 생기면 회피하듯 하염없이 잠에 빠지고는 했다. 말은 많이 할수록 후회만 남긴다고 생각하기 때문에 입 밖으로 내지 않는 편인데, 때로는 그게 좋지 않을 수 있다는 것도 알게 되었다. 얼마 전에도 속이 타는 일이 생겨 주말 일을 마치고 바로 잠들고 싶어 하는 내게 은정이 말했다.

"우리 그 문제 어떻게 하면 좋을지 생각해야지."

오로지 나만의 일인데도 은정은 그 고민을 꼭 함께 풀어야 할 일인 양 말한다. 은정과 두런두런 이야기하고 난 다음 날 아침에 눈을 떴더니 생각지도 못하게 마음이 조금 편해져 있었다. 너무 이상한 일이었다. 그렇게 고단하고 피곤했는데 한 시간 더 자는 일보다 한 시간 이야기하는 편이 피로 회복에 도움이 될 수 있다니. 정말 너무 이상한 일이라는 생각이 들었다.

금요일에는 단포쉬와 함께 서점에 출근한다. 손님이 들어오면 미니 텐트 안에서 쉬던 단포쉬가 곧장 밖으로 나와 반갑다고 아는 체를 한다. 인사가 충분했다고 생각하면 다시 자신의 미니 텐트로 돌아가서 가만히 손님들을 보고 앉는다. 이따금 손님 앞으로 공을 물고 가서는 놀아달라고 앞발로 톡톡 신호를 보낼 때도 있다.

혹시 강아지 무서워하시나요? 손님이 들어올 때마다 인사처럼 묻는데, 그러면 손님들은 보통 주변을 두리번거리다 발밑에 와 있는 조그만 단포쉬를 발견하고는 아니요! 이렇게 귀여운데요! 하고 단포쉬의 반가운 인사에 응해준다. 단포쉬는 늘 사람들에게 "반가워! 반가워! 나 귀엽지! 나 지금 기분 좋아!" 하고 말하는 것처럼 인사한다. 단포쉬는 서점 안에서 들어오는 손님들과 일일이 인사하고 유리문 앞에 앉아 한참 바깥 풍경을 구경하고는 한다. 그러다 이따금 강아지를 무서워하는 손님이 들어오면 내 무릎 위에 앉아 함께 일을 한다.

단포쉬는 은정이 키우게 된 포메라니안으로, 처음에는 은정의 친구가 입양했었다. 단포쉬는 아랍어인데, 긴 파마머리를 한 베이비 페이스를 뜻한다. 털이 길었던 아기 단포쉬를 처음 만난 순간 떠오른 단어였다고 한다. 입양한 지 얼마 되지 않아 긴 외국 여행을 떠나는 친구의 사정으로 은정이 당분간 맡기로 했었는데, 친구의 일정이 막연해지면서 결국 은정과 함께 지내게 되었다. 강아지를 키워본 적 없는 은정은 강아지를 평생 잘 키울 수 있을까, 한참 고민했지만 단포쉬의 거취를 불안정하게 둘 수 없어 함께 살기로 했다.

"나도 여행 좋아하는데 어떡하지."

"그땐 내가 맡을게요. 둘이 힘을 합치면 공백이 없겠지, 뭐."

처음 두 달만 단포쉬를 맡기로 했을 때, 은정이 주말에는 너도 함께 있으니 같이 잘 돌봐주자고 했는데, 그때 내가 했던 말을 은정은 아직도 자주 꺼내며 나를 놀린다.

"글쎄요. 저는 강아지는 별로 안 좋아해서."

강아지와 영 익숙하지 않고 조금은 겁을 내는 쪽에 가까웠던 나는 이제 단포쉬와 떨어져 있게 되는 요일이 되면 은정에게 오늘의 단포쉬 사진을 보내달라고 조른다. 너무 애정이 과다하면 폭견이 될 수 있으니 조심해야 한다고 〈개는 훌륭하다〉의 열혈 시청자가 된 은정이 자꾸만 충고한다.

"아니 강아지는 별로시라면서요."

내가 무릎이 까져오면 단포쉬는 매일 그 상처를 핥아준다. 단포쉬가 더 놀아달라고 칭얼대다 실수로 나를 물면 나는 곧잘 엉엉 우는 시늉을 하는데, 그럴 때마다 바로 입을 다물고 고개를 갸우뚱하며 미안해하는 단포쉬.

사랑은 말의 지분으로 측량이 가능한 것 같다. 우리는 우리 자신의 이야기를 하다가, 오늘 있었던 가게 이야기를 하다가, 결국에는 단포쉬 이야기만 잔뜩 한다. 알수록 믿고 사랑하게 되어서, 이제는 길에서 만나는 그 수많은 강아지의 얼굴이 다 다르다는 걸 알게 됐다.

사랑을
시작해도
될까

감비아에서 온 청년과 데이트를 했다. 그는 내게 감비아 음
식을 만들어주었는데, 종교적인 이유로 술을 마시지 못하는 청년
은 나를 위해 냉장고에서 소주를 꺼냈다. 그가 말했다.

"나리, 소주 좋아해."

이렇게 사랑스러운 사람과의 데이트가 어떻게 즐겁지 않을
수 있을까.

그가 해준 쌀 요리나 양념과 함께 오래 끓인 양고기 찜도 맛
있었다. 식전에 내어준 빨간색 비쌉(히비스커스) 잎을 우려낸 차가
운 주스와 반주로 준 참이슬, 식사를 마치고 정성껏 끓여준 아프

리카에서 온 또 다른 따뜻한 차도 좋았다. 청년은 내게 감비아의 축구 실력과 차 문화를 자랑했다. 감비아는 생선이 값이 싸고 맛있다고 했다. 한국은 모든 게 비싸다는 말도.

나는 촌스럽게도 아 그래, 세네갈 갈치도 맛있지, 하는 말을 했다.

그는 음식을 내어줄 때마다,

"내게는 맛있지만 너의 입맛에 맞지 않을 수 있어. 안 먹어도 상관없어. 다른 요리도 해줄 수 있어."

라는 식의 말을 했다. 하지만 모두 정말 맛있었고, 그는 기뻐했다.

낯선 향취의 음식도 맛보고 즐거운 대화도 나누는 가벼운 데이트였다. 우리는 키스도 했고, 그리고 그 청년은 무척 다정하고 귀여운 사람이었지만, 나는 그 데이트를 이후로 돌연 그를 멀리하게 되었다. 몇 년 전의 연애를 끝으로 내게는 이상한 방어기제가 생겼다. 깊어지고 싶지만 때로 깊어지는 게 두렵다. 좋은 사람을 만나는 일이 어쩐지 곤란한 마음을 탄생시킨다. 갑자기 모든 마음의 과정이 귀찮아지는 이 병을 나는 고칠 수 있을까?

무엇이든 하려면 아주 잘하고 싶은데 그렇게 할 자신이 없어서 그만두고 만다. 내가 이미 한참 시일이 지난 마감을 하지 못한 채 끙끙 앓는 것도 같은 선상의 일은 아닐지. 내 안의 욕심을 내려놓고 싶은데 어렵다. 얼마나 어렵냐면 그냥 나를 포기하고 싶을 만큼 어렵다. 나에 대한 높은 기대만 포기하면 되는데 그렇게 하지 못한다. 이것은 내가 문제를 돌파하는 데 게으르고 어리석기 때문이다.

아무튼 나는 용기를 내 그에게 말했다.

"나는 우리가 좋은 친구가 되었으면 좋겠어."

그는 내게 말했다.

"좋아. 모든 관계의 시작은 친구란 걸 알고 있니? 내가 그렇게 생각해도 될까?"

나는 더 큰 용기를 내 그에게 말했다.

"기대하게 해서 미안해. 앞으로 너와 데이트할 수 없다는 말이야."

그가 괜찮다고 말해서 나는 이 대화를 마무리하려고 이해해주어 고맙다고 말했는데, 그는 돌연 표정을 바꾸고 이렇게 말했다.

"이해할 수는 없어. 네가 바라는 걸 내게 말하지 마."

감비아 청년은 내게 실망하고 슬퍼했다. 내가 일하는 서점에 불쑥 찾아와 나를 놀라게 했다. 비가 와서 우산을 가져다주려고 했다고. 무뚝뚝하게 그를 돌려보냈지만, 우정이든 연애든 관계가 깊어지려고 할 때면 늘 물러서고 마는 내게 나조차 실망하고 아쉬웠다. 즐거운 일이 벌어지기 직전인데 어째서 즐기지 못하고 마는 걸까.

서로에게 실망하고 만회하고 또 잘못하고 다시 용서하면서 돈독해지는 성숙한 관계를 쌓아가고 싶은데 언제나 그 변곡점에서 물러서다가 엉뚱하게도 상대를 미워하고 만다.

이런 이상한 마음을 이해할 수 있는 사람이 있을까? 하지만 감비아 청년에게는 정말 미안하게도, 눈앞에 다가왔던 새로운 관계를 일찌감치 끝내버렸다는 안심이 더 좋았다. 원고를 떠나보내는 마감을 한다면 이 안심에 비할 수 없을 것이다. 오늘부터 꼭 성실한 사람이 되도록 노력하자고 다짐한다. 내가 굴리는 일상에 새로운 관계나 감정이 비집고 들어오는 일을 방어한다. 늘 고만고만한 자리를 맴도는 것만 같은 것은 실은 후퇴하고 있다는 뜻은 아닐까.

내가 미울 때도 세계를 애틋하게 사랑하고 싶다.

이상한 마음 같지만 이런 묘한 균형이 내 글이 너무 경거망동하지도, 그렇다고 허황한 겸손을 떨지도 않게 해주길 바란다. 그러니까 다시, 대단한 연애를 시작하지 말고 소소한 데이트를 시작하자고, 겨우겨우 마음을 다독여본다.

가장 나다운
시간

.

점심으로 혼자 함박스테이크를 먹었는데 철판에 숙주가 가득히 깔려 나왔다. 기대도 없이 들어간 집에서 뜻밖의 선물을 받은 것 같았다. 제대로 하는 집이라고 생각했다. 함박스테이크는 역시 계란프라이보다 숙주라고 생각한다. 아삭한 식감과 적절한 간이 조화를 이루어 함박스테이크 다음 박자에 입에 넣으면 한껏 풍미를 더해준다. 함박스테이크 옆의 계란프라이는 왠지 겉도는 느낌이다. 나의 오해일지 모르지만 그때의 계란프라이는 독창적으로 자신의 맛을 뽐낸다.

하지만 김치볶음밥을 먹는 내 모습을 보면 이 음식의 숨겨진 주인공은 과연 반숙 계란프라이라는 생각을 하지 않을 수 없다. 계란을 중심으로 밥을 조각내며 먹게 되는 것이다. 계란프라이가 끝나면 식사도 마무리된다. 주인공이 적절히 리드해줄 때까지. 그 정도가 김치볶음밥 식사로는 딱 좋다.

슈퍼마켓으로 말하자면, 아스파라거스와 미니 빈이 없는 마트는 왠지 덜 신뢰하게 된다. 이 슈퍼마켓의 구매부는 굽는 음식의 조화를 크게 고민하지 않는 걸까. 마트의 규모가 클수록 아스파라거스와 미니 빈 선별법은 더욱 확고해진다. 그러나 대개 매우 높은 확률로 이 두 종의 채소는 슈퍼마켓의 한 자리를 차지하고 있다.

좋아하는 사람과 술 약속이 생겼을 때, 나는 요즘 좀처럼 피우지 않는 담배를 가방에 챙긴다. 그럴 기분이 된다면 금연 상태를 해제할 수 있다고 생각한다. 딱히 담배 생각이 나지 않아 피우지 않게 되었지만, 절대로 끊었다고 말하지 않는다. 술과 담배와 커피와 이야기가 모두 충분하길 기대하게 되는 것이다. 나는 순간에 강렬히 하고 싶어진 것을 규칙이나 다짐 때문에 하지 못하는 불행을 겪고 싶지 않다.

"김나리 씨는 무엇을 할 때 가장 나답다고 느끼나요?"

오래전 지독한 불면증 때문에 병원을 찾았을 때 의사가 물었다. 당시의 나는 거의 매일 술을 마시고 있었기 때문에, 아마도 솔직한 대답은 이런 것이어야 했다.

"술 마실 때요. 선생님께서 술을 보는 제 눈빛을 보시면 바로 알게 될 거예요. 제가 얼마나 환호하는지요. 얼마나 화사하게 웃을 수 있는지 말이에요."

그러나 나는 무척이나 엉뚱하고 이상한 대답을 하고 말았다.

"소설 쓸 때요. 그리고 소설에 대해 생각할 때. 그때 내가 좀 제대로 살고 있다고 느껴요."

아마 그때 의사는 상담 카드에 환자가 거짓말을 일삼는다고 적지 않았을까. 나는 그 뒤로 계속 그 대답이 마음에 걸렸다. 다음 방문 때 의사는 질문을 바꿨다. 그게 같은 질문이었다는 것을 나는 한참 뒤에 깨달았다.

"술을 마신 나리 씨는 어떤 모습인가요?"

"편안하고 기분이 좋아져요. 더 많이 웃게 되고 말도 잘하게 되고요."

의사는 내 표현이 긍정적이라는 것을 확인해주었다. 나는 그때도 속으로 좋은 일이 벌어지니까 그렇지, 하고 다소 억울한 심정이었다.

"술은 제게 실제로 편안하고 좋은 기분을 주고 있어요."

의사는 내게 직접적인 말로 알코올 문제를 지적하지는 않았지만, 숙면과 편안한 기분은 적은 양의 의존성 없는 약으로도 도

나리 나리 김나리

움을 받을 수 있다고 말해주었다. 정말 필요한 게 편안한 상태와 깊은 잠이라면, 술을 먹지 않고도 방법이 있다는 걸 알려주고 싶다고. 술로 그 기분을 계속 얻을 수 있다면 무척 좋겠지만, 그것은 지속 가능하지 않다고 말이다. 시간이 지날수록 좋지 않은 기분일 때가 더 늘어나기 때문에 권하지 않는다고. 그러나 나는 그때 의사의 말대로 할 필요를 조금도 느끼지 못했다.

병원에 더는 가지 않게 된 것은 회사를 그만두면서 자연스럽게 그렇게 되었다. 퇴사하기 직전의 건강 상태는 최악이었다. 한두 달에 한 번씩 찾아오던 위경련은 점점 간격을 좁혀 일주일에도 몇 번씩 쉴 새 없이 찾아왔고, 자율신경계에도 문제가 생겼다. 아침 출근길이 점점 더 힘에 부친다는 생각이 들었고, 회사 전화가 울리면 영문도 모르게 눈물이 났다. 계속 배가 아파 업무 시간에도 병원에 뛰어갔다. 동료들에게 미안한 마음에 시달려 매일같이 가슴이 콩닥거렸다.

아팠던 몸은 퇴사하고 집에 있게 되자 무척 빠른 속도로 안정되었다. 병원에서 휴식이 아니라 입원 치료가 필요하다고 들어왔기 때문에 그것은 굉장히 놀라운 일이었다. 특별한 치료가 이어지지 않았는데도 자연스레 응급실 방문과 외래 내과 약을 모두 중단할 수 있게 되었다. 집에서 음식을 차려 먹고, 세탁기를 돌리며 좋아하는 책을 읽고, 원고를 쓰는 아르바이트와 장편소설을 쓰는 것으로 시간을 보냈다. 저녁이면 나무가 많은 동네를 산책했고, 가끔 집 앞의 영화관에 걸어가 마지막 상영 영화를 보고 고요한 새벽길을 걸어 집으로 돌아왔다. 그 어둡고 맑은 시간의 한적한 공기가 좋았다. 마음의 부담이 사라지고 나를 긴장시키는 주변의 모든 자극을 자르고 지냈기 때문일 것이다.

그런 시간이 이어지던 수개월이 지난 어느 날 문득, 나는 오래전 나눴던 그 의사와의 대화를 떠올렸다. 그러려고 한 것은 아니었지만 술도 거의 먹지 않게 되고 나서였다. 언제부터인지 술을 마시고 싶다고 생각하지 않고 있었다. 냉장고에 항상 비축해두었던 술도 이제는 없다.

생각해보면 퇴근하고 늘 술을 마시고 싶었던 것은 온종일 얻은 스트레스와 긴장을 빠른 속도로 해소하고 싶었기 때문인 듯하다. 그러기에 소주처럼 간편한 방법이 없었다. 그 긴장과 스트레스를 1분이라도 빨리 거둬버리고 행복해지고 싶었을 것이다. 내 일이지만 이미 지나온 마음이니 지금의 마음으로서는 그렇게 추측할 뿐이다.

깊은 잠을 요청하는 내게 기계적인 수면제 처방이 아니라 충분한 관심을 보여준 그 의사의 사려 깊은 조언대로 내게 알코올성 문제가 있었던 게 맞구나. 나는 인제 그것을 부정하지 않고 받아들인다. 이제껏 놓쳤던 '나다운 시간'을 스스로 보상하기라도 하는 양 서둘러 평정심을 얻고 싶은 것이다. 술을 전처럼 마시지 않게 되니 가장 좋은 점은 대책 없이 찾아오는 이튿날의 죄책감과 허무한 마음에서 탈출하게 되었다는 점이다.

이제는 아침부터 오후까지 특별한 사건이 있지 않다면 과도하게 긴장하지 않는다. 긴장하더라도 전보다 외부의 자극으로부터 많이 떨어져 있어 안전하다. 편안한 시간으로 진입할 필요가 사라진 것이다.

사람들은 편안한 컨디션이 되었을 때 나답다고 느낀다. 편안히 자신의 말을 펼칠 수 있게 지적 컨디션이 좋은 상태. 부끄럽지만 예전의 나는 술을 먹었을 때 더 말을 잘했다. 술을 마시면 망설임이 많이 줄어들었기 때문이다. 술을 마시지 않은 상태에서는 같은 생각을 해도 말로 뱉지 못했다. 자꾸만 주변 분위기와 사람들 눈치를 봤다. 고통스러운 일은 거기에 있었던 것이다.

회사를 그만두면 살 수 없을 줄 알았지만 어떻게든 삶은 계속 돌파되었다. 앞으로는 어떻게 될지 또 알 수 없지만, 안다고 미래의 행운이나 불운이 미리 당겨지는 일은 없다. 매일 하루만큼의 일들이 지나간다. 어떻게 살아도 좋은 일들은 계속해서 온다. 물론 어려운 일도 빠짐없이 챙겨간다. 그러나 나다운 몸이 장착되었을 때는 더 잘 움직일 수 있다. 하다못해 자율신경계도 안정감 있게 자신의 몫을 해낸다.

우리가 다시
만날 수 있을까

며칠 전 허리를 숙여 머리를 감다가 슬픔이 몰려와 울었는데 그만 허리를 삐끗하고 말았다. 젖은 머리칼을 하고 허리를 숙인 채였다. 울던 소리가 악, 아아악, 하고 통증에 놀란 신음으로 바뀔 때, 나는 내가 얼마나 웃기는 사람인지 새삼 알게 되었다.

허리가 아파 천천히 천천히 움직여 서점으로 가는 길에 단골 과일 가게 아저씨께 살구는 언제 나오는지 물어보았다. 살구 방금 도착했지! 아저씨는 가게 안쪽에 있는 박스에서 살구를 꺼내 보여주었다. 살구 얼마 하지. 다섯 개 이천 원 해야겠다. 다섯 개 줘요? 열 개 주세요. 살구 열 개를 사서 해방촌 카페 오랑오랑에

네 개, 서점 사장님 세 개, 나 세 개, 이렇게 나눠 먹었다.

오늘은 잘 참았던 눈물이 서점에 들어와 형정이의 노란색 책을 보니 욱신, 하고 터진다. 친구가 죽은 지 한 달이 채 지나지 않았다. 왜 자꾸만 눈물이 날까. 나 좋자고 보고 싶어 하고 그리워하고 미안해하는 건 아닐까. 아무튼 살구가 나와 기뻤다. 시간은 흐르는 게 아니라 돌아오는 것 같다고 생각한 오늘. 그래 언젠가 다 만나게 되겠지. 그렇게 생각하자.

형정이를 발인하러 가는 길에 잘못된 길로 가고 있다는 걸 뒤늦게 알았다. 동작역에서 이촌역으로 넘어가는 환한 지상의 다리를 건너며 생각했다. 너무 좋은 길로 가고 있다고. 달리기를 좋아하던 네가 이 길을 한 번쯤은 달려보지 않았을까. 그러다 가려는 방향과 다르게 왔다는 걸 깨닫고 서둘러 지하철에서 내렸다.

택시를 타고 장례식장에 도착했을 때 예정보다 30분 일찍 영구차가 출발하려고 하고 있었다. 내가 도착하고 거의 바로 형정이의 관이 건물을 빠져나왔다. 그때 나는 내 몸에 콧물이 이렇게나 많다는 걸 처음 알게 되었다. 살아 있는 인간의 몸속에 콧물은 거의 무한대로 있을지 모른다. 나는 펑펑 콧물을 쏟으며 운구차에 탔다. 추모공원으로 향하는 길에 자꾸 속으로 친구의 이름을 불렀다.

형정아. 저기 봐. 네가 좋아하는 것들 많네. 저기 나무, 저기 풀들, 너는 이름을 하나하나 다 알고 있겠지. 네 작업실에 화분 두 개를 선물로 가져갔을 때, 너는 바로 말했잖아. 틸란드시아와 애플 디시디아구나. 내가 이거 안 죽일 수 있을까? 이거 엄청 쉽대. 내가 쉬운 거 달랬어. 너는 정말 기뻐했지. 내가 준 작은 화분보다 더 크게 기뻐했었지. 하나는 거울에 걸고 하나는 창문에 걸었지.

처음 형정이의 소식을 들었던 토요일 밤에, 아르바이트를 마치고 집에 돌아와 앉아 있는데 영 믿을 수가 없었다. 믿기지 않는 가운데서도 안치실에 있다는 친구가 무섭고 외로울까 봐 일단 택시를 불러 그곳으로 출발했다. 나는 잘 모르는 친구들이 이미 망연자실한 표정으로 장례식장 곳곳을 서성이고 있었다. 우리는 밤새 지방에 사시는 형정이의 가족들이 도착하길 기다리면서 울음을 참으며 조용히 울었다. 눈물은 파도처럼 움직였다. 밀물처럼 눈물이 왈칵 쏟아지며 마음이 저미다가 갑자기 썰물처럼 마음이 착 가라앉으며 눈물이 쓸려 내려가기를 반복했다. 현실이 아닌가? 꿈인가? 누군가 무언가 착오가 있었다고 사과하지 않을까. 덤덤히 그런 희망을 품고는 했다. 희망이 차오를 때는 눈물이 바싹 말라 하나도 슬프지 않았다.

그리고 나는 그녀를 떠올렸다. 내게 마지막으로 주었던 비

오는 날의 커피 한 잔. 서점 사장님께 주고 갔던 빵과 스콘. 한 명 한 명을 살뜰히 챙긴 호의들. 나는 자꾸 친구의 무던한 옆얼굴이 떠올라서 미칠 것 같았다. 하하, 하고 맑게 웃던 얼굴. 말끝을 조금 늘어뜨리는 나른한 말투. 아니이— 갑자기 보고 싶네? 하고 전화하던 그 발랄한 목소리. 내가 생각나면 언제든 바로바로 전화해오던 그 성실한 마음 씀씀이. J씨가 우리 둘이 만들기로 한 그래픽노블에 관심이 있대. 그래 우리 빨리 초안을 만들자. 올해 안에 만들자. 계약금을 받자. 함께 좋아하던 그때 그 우리의 기쁨. 오늘은 얼마나 썼어? 오늘은 얼마나 그렸어? 늘 체크하던 서로의 작업들. 컬러링북은 어디까지 왔니, 에세이는 언제 끝낼 거니. 우리는 언제나 허심탄회하게 이야기했다.

발인을 하며 친구에게 마지막으로 인사하고, 화장하는 걸 기다렸다. 그러는 동안 동행한 사람들과 계속 울었다. 비틀거리고 주저앉고 누워서 울었다. 너는 이제 자유로워져서 너의 명복을 바라는 이 많은 사람하고 다 동시에 이야기할 수 있을까?

화장터에서 울다 지쳐 벤치에 앉아 졸 때, 잠깐 꿈에 나타난 형정이가 내가 하는 〈농장 타이쿤〉 게임을 로그인해주면서 말했다.

"빨리 우유 수확해. 우유 수확. 밀도 뿌려야지."

나는 깜짝 놀라 잠에서 깨어났다. 언젠가 내가 했던 말이 떠올랐다. 형정아. 우울할 때 단순한 게임을 하고 있으면 눈물 나지 않아? 그때 너는 이렇게 말했었지. 그렇지, 그렇지. 아직 네가 확인하지 못하고 있는 내 마지막 메시지는 굿모닝, 전화하고 싶은데 아직 이른 새벽이라 메시지를 보낸다는, 사랑한다는 말이고, 그 위에 우리가 마지막으로 나눴던 대화는 서른도 넘었는데 사는 게 갈수록 각박해진다는 말이었다. 그래도 우리 베스트셀러 한 권씩 만드는 허황한 꿈을 꾸자는 내 말에 너는 이렇게 말했다. 그건 허황되지 않는데? 그 정도야 할 수 있는 일 같다고 말했다. 서로 하고 있는, 하고 싶은 작품들에 관해 기꺼이 솔직하게 이야기할 수 있었던 사랑스러운 우리 사이. 오로지 고운 정밖에는 없어서 미운 면면까지 충분히 알아채지 못한 게 오히려 아쉽다. 무궁무진한 너의 안부, 너의 그림, 생각, 글.

가만히 앉아 있으면 네가 좋은 데로 잘 가고 있긴 한 건지, 그 모습만 상상한다. 우리 유월에 돈가스 먹으러 가자고 했는데. 이렇게 아직 오월에 있다. 형정아. 너를 사랑해. 너는 이제 전화를 걸지 않아도 이런 말들을 다 들을 수 있게 되었을까. 네가 내게 가장 많이 해주었던 말. 아무튼 완성하라는 말. 망한 것 같아도 일단 완성하고 새로 시작하라는 말. 이제 나는 그 말을 너를 사랑하는 강도로 붙들게.

그리운 사람을 그리워하지 않는 것은 쉬운 일이 아니었다. 그러나 나는 처음에는 애도의 종결이 그리워하지 않는 것이라 생각했기 때문에 슬픔을 마음에서 떠나보내기가 쉽지 않았다. 잘못된 생각이었다. 나는 이따금 감정을 신념으로 잘못 치환해 생각하는 버릇이 있었다. 감정은 흔들리고 움직이는 것인데 마치 애초의 감정에서 벗어나는 순간 감정이 오염된 것처럼 생각하고 말았다. 사랑이 사랑 아닌 쪽으로 가는 것, 슬픔이 슬픔 아닌 쪽으로 가는 것, 그리운 것이 그립지 않은 쪽으로 가는 것.

그러나 애도는 신념이 아니다. 애도는 파도와 같은 것이다. 엉엉 울다가 다 마른 눈물이 어느 날에는 다시 차오르는 것처럼. 애도의 종결은 나와 떠나간 사람의 관계 종결이 아니라 일상으로 복귀할 수 있는 마음을 되찾는 것일 뿐이다.

그리운 사람은 그리운 채로 가슴에 두고 함께 살아간다. 살아간다는 것은 그런 것 아닐까. 내가 가장 아쉬웠던 것은 형정이와 미운 정이 들 틈 없이 고운 정만 주고받다가 헤어진 것이었다. 고운 정만으로는 아쉬웠다. 우리에게 미운 정과 얄미운 정과 이해할 수 없음을 포용하는 정까지 생겼더라면, 그렇다면 우리가 더 엉겨 붙은 섬유질 같은 감정으로 깊이 사랑할 수 있었을 텐데. 나는 친구의 좋은 점밖에 몰랐다.

비가 올 때마다 형정이 생각이 났다. 비 오는 날 서점에 출근하기 전에 찾아가라라며 단골 카페 오랑오랑에 두고 갔던 형정이 커피. 네가 안치실에 있던 날 내리던 비. 친구가 떠난 이후 나는 지읒만 보면 걸려 넘어져 울었다. 자살, 죽음, 자비, 자주, 자랑, 주먹…. 장르 불문의 지읒들이었다. 하지만 애도는 이 시간을 꿋꿋이 견디며 건너는 일이라는 생각이 들었다. 친구는 죽었고, 이제 이 세계의 고통으로부터 탈출했다. 지읒 다음 치읓. 출구. 출구 다음 티읕. 타지. 먼 곳으로 떠난 친구에게 피읖. 두 팔로 인사해요. 히읗. 행복해. 영원히. 영원히 행복하게 사라지렴. 아주 완벽히 사라져서 우리는 다시 만나지 말자. 네가 어느 곳에서도 가볍기를.

변기 막힌 날

요즘은 주로 아홉 시에서 열 시 즈음에 일찍 자고 새벽 네 시쯤 일어났다. 밤을 새운 새벽과 잠을 자고 일어난 새벽이 어떻게 다른지 알게 된 나는, 잠을 푹 자고 일어나는 이 시간을 사랑하게 되었다. 오늘은 주말 안에 꼭 일을 끝내고 싶어서, 오랜만에 새벽부터 앉아 있다. 커피가 떨어져 편의점에 다녀온다. 얼음과 카누와 마카롱을 샀다. 편의점 알바생은 일이 서툴렀는데, 상냥한 표정이었고, 천천히 신중하게 바코드를 찍었다. 13,900원입니다, 하고 말하고는 곧장 눈빛이 흔들리며 13,920원이라고 봉툿값을 더해 정정할 때 필요 이상의 긴장감이 전해졌다. 나는 그 눈빛과 신중함을 보며 생각했다. 나도 그래야 해. 나도 더 긴장해서 일할 필요가 있다.

변기가 이유를 알 수 없이 막혀서 저녁에는 인부를 불러 막힌 변기를 뚫었다. 꼬박 한 달 전에도 변기가 막혔었다. 그때는 실수로 생리대를 떨어트렸는데, 오늘은 달랐다. 오늘은 정말로 떨어뜨린 게 없었다. 나는 착잡한 마음으로 아저씨에게 물었다.

"한 번 막힌 변기는 이렇게 계속 막히는 건가요? 체력이 약해지는 것처럼?"

아저씨가 큰 기계로 작업을 하다가 나를 돌아봤다.

"계속… 이렇게 막힐까 봐요."

"아니, 아가씨가 또 뭘 넣은 거예요. 뭐가 있어. 딱딱한 거."

"아, 정말 이런 일이 없었는데… 이렇게… 뭘 넣고 그러지 않았었거든요."

"아니, 그냥 비누 같은 게 떨어진 거 같아요."

평소처럼 과도하게 비약하려고 잔뜩 준비 중이던 마음이 아저씨의 현실적인 제동으로 갈 길을 잃었는데, 그게 좋았다. 아저씨는 조금 느긋하고 친절한 말투였는데, 변기를 뚫는 데는 5분도 채 걸리지 않았다. 너무도 소중한 도움이었다.

"근데 뭘 넣으신 건지 확실히 확인이 안 되는 게 좀 그러네요. 눈으로 봐야 나도 속이 시원한데."

'확실히 확인해야', '속이 시원' 같은 말들이 귀에 쏙쏙 박혔다. 열심히 뚫어주신 거구나. 나는 기쁘게 5만 원을 냈다. 하지만 아저씨는 개운치 않은 기색으로 돈을 받았다. 아무래도 영 속이 시원하지 않은 것 같았다.

한 달 전에는 새벽 6시 정각에 변기가 막혔다는 전화를 했었다. 인터넷에 24시간 영업이라고 적혀 있었고, 사무실 번호이니 안 받아도 그만이지, 하는 마음에 건 전화였다. 하지만 자다 깬 아저씨가 잔뜩 잠에 잠긴 목소리로 전화를 받았다.

"제가 빨리 갈게요."

30분 뒤 부스스한 모습의 아저씨가 큰 원통 기계를 끌고 현관 앞에 서 있었다. 변기가 막혀 사람을 부른 일은 태어나서 처음이었는데, 나의 부끄러움은 끼어들 틈도 없이 아저씨는 순식간에 일을 말끔히 처리했다. 나는 아저씨가 도착하기 전 밀린 설거지를 급하게 해치웠는데, 아저씨는 오로지 화장실 문만 보며 직진, 그 외의 다른 곳은 조금도 볼 생각이 없어 보였다. 그 직진이 나를 안심시켰기 때문에, 나는 이번에도 지난 통화 기록을 뒤져 아저씨에게 다시 연락했다.

"그때 오셨었는데요."

내가 운을 떼자 아저씨는 또 자다 일어나 잠긴 목소리로 대답했다.

"네, 제가 일일이 잘 몰라요. 주소를 보내주세요."

아저씨는 항상 대기 상태인 것 같았다. 혹시 지금 말고 이따 6시에 와주실 수 있나요? 하는 나의 문자에, 아저씨는 6시 정각에 현관문 앞에 도착했다. 문을 열자, 또 화장실로 직진하는 아저씨. 뭔지 내가 확인을 못 했어. 변기를 다 뚫고 난 다음 혼잣말을 하며 갸우뚱하는 아저씨.

일을 하는 사람들의 모습을 보고 있으면 마음이 침착해진다. 나도 나의 일을 해야지. 고개를 끄덕이게 된다. 지금보다 더 단단하게, 좀 더 묵직하게 일을 해야지. 마음을 건조기에 돌린다고 생각하자. 이제 일을 해야 하니 마음을 스타일러에 돌리도록 하자. 자연 바람이 없어도 전기의 에너지로 먼지를 털어내고, 쾌적한 상태를 만들고, 아직 마음의 준비가 되지 않았다고, 너무 예열만 하지 말고. 구간 구간을 잘 만들어서, 일하며 살아가자. 슬픔과 질병에 삶을 내팽개치지 말고.

하루는 의사 선생님이 물었다.

"이번 위경련 때 어떻게 하셨어요?"

"별거 없는데."

"네, 그냥요."

"따뜻한 물로 샤워하고 계속 토하고 입을 헹구고… 보일러를 켰어요."

나리 나리 김나리

"잘하셨네요. 자신을 잘 돌보셨네요."

TMI의
귀여움

동생의 이사 때문에 이삿짐센터 몇 군데에서 견적을 받았다. 이삿짐센터마다 직원이 한 명씩 방문해서 집 안의 가구와 짐의 규모, 특이 사항과 사다리차 사용 여부 등을 확인했다. 업체에서 파견한 직원은 모두 정확히 약속한 시각에 방문하여 조심스레 신발을 벗고 집 안으로 들어섰다. 보통은 남의 집을 둘러보는 것이 폐가 되지 않도록 빨리 짐을 파악하고 견적을 내주었는데, 키가 훤칠하고 사투리를 쓰는 마지막 차례의 직원분은 유독 덧붙이는 말이 많았다.

이를테면 제부의 건담 진열장을 보며, "이거 이거 아주 소중

하죠. 이걸 그냥 옮겨선 안 돼요. 우리가 상자를 따로 챙겨와서 이걸 하나씩, 네? 큰 상자에 하면 안 되고, 작은 상자에 아주 소중한 선물을 포장하듯이요, 네? 그렇게 조심스럽게, 뽁뽁이로 예쁘게 포장해서 날개에 흠집이 생기는 일이 없도록 우리는 아주 잘할 수 있어요." 하고 말하는 식이었다.

보통은 아일랜드 식탁 앞에 선 채로 빠르게 견적서를 마무리 지어주었는데, 이분은 좀 앉겠습니다, 하고 아일랜드 식탁용 높은 의자에 큰 덩치를 앉혔다. 높이 올라온 의자 중간에 발을 얹고, 들고 온 서류 가방을 무릎에 올려두고 있으니 어쩔 수 없이 귀여운 광경이 되었다.

"자, 제가 이제 말씀드리겠습니다. 우리는 비닐을 넉넉히 챙겨와서 물건을 깨끗하게 잘 담을 거예요. 비닐 이거 안 들고 오거나 조금 들고 오는 곳 많아요. 저희가 잘하는 겁니다. 깨끗하게. 저는 징짜로 이게 우리 짐이라고 생각을 혀요. 그리고 새로 들어가는 집에 짐을 넣기 전에, 그 집에 짐이 빠지고 우리가 그리로 가고 있잖아요? 그럼 제가 거기 먼저 가는 거예요. 가서 제가 큰 스팀 청소기 들고 바닥을 싸악 닦아놓고 이제 기다리는 겁니다. 좋은 점이죠? 이왕 할 때 깨끗하게 해야 하니까요. 자 그리고, 에어컨이 있습니다. 이것을 현장에서 기사에게 따로 설치비를 주시지 않아도 돼요. 제가 오늘 내는 견적에 다 포함된 것입니다. 그렇지 않은 곳이 많을 거예요. 잘 살펴보셔야 당일에 당황하지 않으십니다아. 그럼 이제 자, 도배를 새로 하신다고 말씀하셨단 말이에요? 그러면 이게 이제 어떡하냐. 도배를 몇 분이서 하신답니까?"

"아, 그건 저희가 모르는데요."

마치 당장 이사라는 전투를 준비하는 현장에 온 것처럼 직원분의 이사 설계가 시작되었다.

"이게 두 분이 오시는 경우가 많은데, 그 경우에는 좀 이게 저희가 합이 잘 맞아야 하는데. 도배하면서 이사할 수 있다는 말이지요. 제가 좀 분위기를 리드해서 그분들하고 합심해서 열심히 해보겠습니다. 일단은 그래도 어느 정도 도배할 시간이 필요하단 말이지요. 그때는 저 우리가 대기한다고 불편해하실 필요가 없어요. 저, 그, 우리 사무실이 이사 가시는 곳에서 아주 가까우니께요. 터널 지나고 바로니께, 우리는 일단 가서 잘 가는 데 있어요. 거기 가서 한식, 밥을 먹고 올게요. 부담 없죠잉. 기다렸다고 우리가 돈을 더 받고 그러지는 않는게요. 그리고 돌아와서 짐을 내리는 것이지."

우리는 예상보다 꼼꼼한 설명에 점점 빠져들고 있었다.

"그리고 이제 이사를 다 하고 나서 2주가 지납니다. 그때는 이제 끝이 아니에요. 그때 우리가 다시 방문해서 침대에 매트리스가 있잖아요? 거기에 진드기. 이것을 전용 청소기로 한 번 서비스

해드립니다. 어때요? 좋은 점이지요?"

이삿짐 인부들이 터널을 지나 있는 단골 식당에서 점심으로 한식을 먹고 온다는 것까지 우리가 알 필요는 없겠지만, 이야기를 듣다 보니 이사를 하는 데 왜 얼마의 시간이 필요한지 예상할 수 있게 되었다. 생각하지 못했던 점, 에어컨은 설치 비용이 별도로 발생한다는 것, 도배하고 대기 시간이 생길 때 또다시 비용이 발생할 수 있다는 것, 예상치 못해 당일에 당황하고 말 내용 대부분이 아저씨의 말속에 다 담겨 있었다. 우리가 요청한 비용만 전달받고 지나갔으면 아쉬웠을 부분이었다.

'TMI'라는 말이 자주 놀림거리처럼 사용되지만, 이따금 저간의 사정을 아는 것이 도움이 될 때도 많다.

어느 날에는 버스에 타 앉아 있었다. 다인승 환승을 처음 해보는 할머니들이 내릴 때는 어떻게 찍지, 다음 지하철에서는 어떻게 하지, 고민하며 우왕좌왕하고 있는데 기사님은 묵묵부답이었다. 나는 내릴 때는 그냥 찍으면 되고 다음 환승에서 같은 인원이 아니거나 지하철을 타면 환승 할인이 적용되지 않는다는 사실을 알려드리고 싶었다. 나는 할머니들에게 부끄러움을 꾹 참고 다가가서 이야기했다. 할머니들은 나를 몇 번 만나본 사람처럼 그렇구나, 하고 가만히 귀를 기울였다.

또 어느 날에는 손님이 없는 서점 카운터에 앉아 있는데 한국말을 전혀 할 수 없는 외국인이 들어와 길을 물어왔다. 서로 말이 통하지 않아 보여주는 영문 주소를 가지고 길을 찾아주었는데, 그 집은 도무지 게스트하우스로는 보이지 않는 아주 작고 조용한 주택이었다. 그 집이 실제로 게스트하우스가 맞는지, 지금 이 외국인이 사기를 당한 건 아닌지 걱정이 되었다. 좀 더 같이 정보를 찾아주려 했지만, 외국인은 이만하면 고맙다고 내게 가보라고 했다. 더 이상의 친절은 그들의 여행을 부담스럽게 하는 걸까. 나는 입술을 달싹이다 돌아서서 TMI의 갈림길에 선다. TMI로 갈까, 말까.

나의 안부

옷가지들이 발 디딜 틈 없이 늘어진 방바닥. 쌓여 있는 설거지 더미. 이런 나태한 슬픔의 시간을 꾸짖으려는 엄마의 텔레파시였을까. 무음으로 설정된 핸드폰에는 엄마가 집으로 오고 있다는 메시지가 도착해 있었다. 나는 번개처럼 이불 밖으로 뛰쳐나갔다.

엄마가 갑자기 집에 오겠다고 했을 때 내가 가장 먼저 떠올린 것은 집 안 청소와 생필품 구비였다. 나는 마트로 달려갔다. 마트에 도착한 나는 장바구니를 들고 불과 5분 전까지 침대에 누워 있었던 사람이라고는 믿을 수 없을 정도로 재빠르고 정확하게 행동했다. 쌀과 사과와 화장실 곰팡이 제거젤, 설거지 세제, 포장 김을 샀다. 자, 이것으로 기본은 했다. 이제 남은 것은 널려진 옷가지를 세탁기 안으로 몰아넣고, 설거지와 화장실 청소를 20분간단 코스로 마치는 일. 할 수 있을까. 나는 장 본 것들이 담긴 종량제봉투를 들고 최고 속도로 달리며 생각했다. 할 수 있다. 할수 있어.

연애가 끝장나고 만신창이가 된 마음과 몸으로 몇 주 동안이나 고생했다. 사랑이라는 게 실은 인간에게 해로운 것 아닐까. 실체를 알게 되면 아무도 사랑할 엄두를 안 낼까 봐 온 세상이 작당하고 사랑하면 무조건 좋다고 주입하는 것은 아닐까. 내내 믿음, 소망, 사랑, 그중 제일은 사랑이라는 너무 큰 환상을 품고 자랐다. 사랑과 마음고생과 희생은 진실한 사랑의 필수 자재라고 믿어 의심치 않았는데 이런 일이 벌어지다니. 잘못된 사랑은 한 사람의 인생을 흔들고 몸을 부순다.

내가 사랑한 사람이 메신저로 다수의 사람에게 동시다발적으로 치근대기를 일삼는 인간이라는 사실을 알았을 때 가장 고통스러웠던 것은 내 처지의 실상이었다. 나도 설마 피해자의 범주에 들어가는가. 나는 내가 피해자라는 사실을 믿고 싶지 않았다. 다른 사람들은 일탈의 피해자지만, 나는 사랑하는 사람이지 않았을까. 나는 배신을 확인한 순간에도 그가 오래전에 또한 근래에

나리 나리 김나리

정확하게 나를 어떻게 사랑했는지를 주요하게 판단하려고 했다. 내가 믿었던 사랑이 얼마나 진실했는지에 연연하며 기억의 조각들을 모아 되살리는 데 몇 주의 시간과 마음을 썼다. 설거지와 빨랫감을 쌓아두고 쓰레기도 치우지 않고 방치한 채로.

그러나 나는 엄마가 온다는 소식에 곧바로 자리를 털고 일어났다. 이 응급 상황을 어떻게 극복해야 하는지 직관적으로 깨달은 것이다. 식사와 청소와 빨래. 의식주의 안위가 곧 최전방의 안부다. 동이 난 지 오래인 쌀을 사러 뛰쳐나가며 세월 좋게도 나는 제대로 사는 것에 대해 생각했다.

지금 내가 제대로 살지 못하고 있구나.

집에는 쌀이 있어야 한다. 내가 빼앗긴 것은 쌀을 먹고 집을 치우고 빨래를 하고 과일을 깎아 먹는 시간이었다. 자도 자도 비탄에 빠진 생각이 멈추지 않아서 수면제를 연달아 먹으며 잠 다음에 바로 다시 잠을 계속 이어가려고 했던 시간 속에서 제대로 사는 일이란 무엇이었을까.

나는 일단 상대의 참회를 포기해야 했다. 살면서 알게 된 인간 세계의 비밀이라면, 나에게 해를 끼친 상대에게 나와 같은 방식의 참회를 요구할 수 없다는 것이다. 사람은 자신만의 방식으로 살아간다. 나쁜 행동을 여러 번 저지르는 사람은 앞으로도 사과나 반성을 하지 않을 가능성이 크다. 언젠가 벌을 받을 것 같지만, 그런 일은 흔치 않다. 그들은 사과할 일과 사과할 상대를 기억에서 간편히 지워버리고 마음 편히 살아간다. 밥을 먹고 몸을 씻고 방을 치우고 태평하게 과일을 깎아 먹으면서. 그렇게 그의 시간이 제대로 굴러가는 장면을 떠올리면 자꾸만 눈물이 났다. 나는 아직 일상을 찾기에는 이렇게 멀었는데 어떻게 상대에게는 그런 멀쩡한 삶이 계속될 수 있을까.

결국 나는 끝끝내 상대의 참회를 포기하지 못하는 것이다. 상대의 참회 여부가 내 생활을 모조리 갈아 넣을 만한 일인가. 현재로서는 내 피해만 너무 크다. 한 사람을 사랑하기 위해 이렇게까지 인내심 좋은 인간이 되어야 할까.

회복의
밀과 보리가
자란다

안타까운 이야기지만, 전 남친은 양다리였다. 아마 더 많은
다리가 있었을 수도 있다. 그는 사랑밖에 모르는 사람이었으므
로. 사귀는 사람이 있는 상태로 헤어진 여자 친구를 우연히 만났
을 때, 조르고 졸라 모텔에 갔었다는 이야기를 개방적이고 쿨한
사람인 양 태연히 말했을 때 알아차렸어야 했을까. 수많은 조짐
은 일이 결국 벌어지고 나서야 비로소 조짐인 줄 알게 된다.

나는 사실 그와 사귀는 동안 그의 여성 편력에 관한 추문을
듣거나 관련된 증거를 받아보기도 했지만, 오빠가 정말 그런 사
람이야? 하고 끝까지 그에게 그 일에 관한 말을 꺼내지는 못했다.

모두 과거의 일이라고 생각했고, 지금은 그렇게 살고 있지 않다고 믿었으며, 심지어 나는 아주 진지하게, 오빠에게 마음속 깊은 곳에 병적인 외로움이 있구나, 안타깝게 생각했다.

그런 채로 버텨 온 3년 반의 연애 관계는 황당할 정도로 쉽게 파탄 났다. 추문의 진위를 물어도 묻지 않아도 파탄 날 관계는 파탄 나기 마련이다. 한쪽의 미련한 의지만으로 막을 수 있는 일이 아니다. 나는 이것을 사실 몇 년 전의 연애에서도 뼈아프게 배웠었는데, 그때의 배움이 모두 헛고생이었다. 그렇게 뼈 아파했던 걸 어떻게 까맣게 잊었지?

나는 상대가 나를 배신했다는 사실보다 지난 경험을 통해 아무것도 배우지 못한 나의 아둔함에 더 놀랐다. 나는 이전에 내가 그랬던 것처럼 똑같이 회피했다. 나만 모른 척한다면 이렇게 기운 채로도 관계가 이어질 것이라고 안일하게 생각한 것이다. 많이 좋아했기 때문에 어떻게 해서든 함께 있고 싶은 마음에 눈이 멀었다. 그렇지만 아무리 눈이 멀었다고 해도 사귀는 사람이 바람이 난 것은 평생 처음 있는 일이었다. 단박에 왜 그토록 수많은 드라마에서 연인의 바람이 극을 파국으로 이끄는 결정적 사건이 되는지 알게 되었다.

나는 이번 일이 벌어지기 직전까지만 해도 사람의 마음이란 게 그렇게 될 수도 있는 것 아닌가, 하고 생각했다. 바람이 부는

나리 나리 김나리

대로 행선지를 바꾸는 정신 나간 선장처럼 대책 없는 인간이었다. 그러나 실제 삶의 현장에서의 바람은 자유로운 영혼의 낭만적인 로맨스가 아니었다. 신뢰에 피해를 본 당사자가 어떤 그악한 미치광이가 되거나 평생 인간에 대한 신뢰를 회복하지 못한다 해도 이상하지 않을 정도로 대단히 끔찍한 일이었다.

하지만 이상하게도 나는 상황이 그 지경이 되었을 때도 또다시 상대에게 아무 말도 하지 못했다. 그것은 단지 충격으로 말문이 막혀서일지도 모르지만, 어떤 말을 누구에게 해야 할지 판단이 서지 않았기 때문이었다. 그에게 사과를 요청하고, 그가 사과하고, 내가 그 사과를 받고, 그러면 처리되는 일이란 말인가. 말도 되지 않았다. 그렇게 쉽게 이 일을 수습하고 싶지 않았다.

그래서 나는 그동안 그가 내게 둘러대었던 주요 지방 방문 일정에 관해 사실관계를 따져 묻지도, 그 여자를 찾아가 비장하게 사실관계를 확인하려 하지도, 인터넷 게시판을 이용해 익명의 다수에게 호소하지도 않았다. 아무 말도 하지 않은 채로 시간이 흘렀다. 고통스러운 하루하루는 무척 겨우겨우 지나갔지만, 슬퍼하느라 지체되는 내 삶은 무자비한 속도로 빠르게 무너졌다.

가까운 친구들이 이제 좀 괜찮냐고 물어올 만큼 시간이 흘렀어도, 내가 이거 너무한가, 지나치게 오래 힘들어하고 있는 건가, 갸우뚱하며 부끄러울 만큼 조금도 괜찮아지지 않았다. 반면 스마트폰 화면 안에서 웃고 있는 그 사람의 모습은 이미 이 세상에 죽고 없는 사람의 영정사진처럼 한없이 속없고 행복해 보였다.

그가 바람이 난 것이 아니라 차라리 죽은 거라면 오히려 감당하기 더 나았을까? 아니면 그가 나 모르게 바람피운 상대와 여행을 갔다가 교통사고가 나 죽었다면 어땠을까. 그래서 그 사람의 사망 소식과 그가 바람피웠다는 사실을 동시에 알게 된 것보다는 지금이 나은 걸까?

나는 침대에 누워 이런 말도 안 되는 비약과 자책에 물든 상상으로 시간을 보냈다. 내 시간은 왜곡된 망상으로 병들어 가고 있었다. 길을 걷다 모르는 사람과 눈이 마주치기만 해도 화가 나고 전철을 타면 숨이 막혀 눈물이 났다. 잔뜩 날이 서 외출을 하고 집으로 돌아오면 몹시 피곤해 쓰러지듯 잠들었다. 그러다 눈을 뜨고 방 안에 가만히 누워 있으면, 입가에 자꾸 맴도는 노래가 있었다.

밀과 보리가 자란다. 밀과 보리가 자란다. 밀과 보리가 자라는 것은 누구든지 알지요. 농부가 씨를 뿌려, 흙으로 덮은 후에, 발로 밟고 손뼉 치고 사방을 둘러보네. 친구를 기다려. 친구를 기다려. 한 사람만 나오세요, 나와 같이 춤춰요.

이 노래가 마음속에 허밍으로 울려 퍼지기 시작하면 이상하게도 곧장 눈물이 났다. 눈물을 멈추기 어려운 날들이 이어지다가, 이제는 다 울었나 보다, 하고 돌연 며칠간 마음이 바삭해지기를 반복했다.

베란다에서 바람이 불어 들어올 때, 아르바이트로 일하고 있는 서점 유리창으로 햇살이 뜨겁게 내리쬘 때, 그런 식으로 갑자기 자연이 몸에 끼치는 순간순간의 몇 초 동안, 나는 계절을 까마득히 모를 기분에 휩싸이곤 했다. 정말로 영 모르는 마음이 되었다. 3초에서 4초, 현실이 내 몸에서 달아나는 것이다. 지금이 여름인지 겨울인지 아무것도 모르게 머리가 하얗게 되어 바람을, 햇살을 맞았다.

그 잠깐의 까마득한 순간이 지나가면 나는 몹시 두려웠다. 내가 이대로 정신을 놓는 것은 아닐까. 내 정신이 완전히 망가져 가고 있는 것은 아닐까. 치약을 짜려던 손이 연거푸 클렌징폼이나 샴푸 펌프를 누르기도 했다. 나는 자신이 너무 한심해서, 고작 그 정도의 실수만으로도 모든 것이 엉망진창이 되었다는 생각에 펑펑 눈물이 났다.

이렇게는 도저히 못 살겠어서, 인제 그만 죽는 게 어떨까도 생각했다. 비가 오네, 점심에는 무엇을 먹을까, 내일 저녁쯤에는 테이프로 방문을 막고 번개탄을 피워 죽어볼까. 나는 되도록 남들에게 폐를 끼치지 않고 죽고 싶은 마음에 내가 정리해야 할 것들의 목록을 적어보았다. 남은 카드 할부금과 장례 비용과 미리 받은 책의 계약금과 손목이 아파 일을 못 했을 때 엄마와 동생이 보내주었던 돈까지. 그 돈을 다 정리하려면 최소 생활비로 살아도 일 년은 더 열심히 돈을 벌며 살아야 한다는 사실을 알았다. 잘하면 일 년으로 부족할 수도 있겠는걸. 천릿길도 한 걸음부터지. 일단 지금 할 수 있는 것부터 하자.

아껴서 살자.

하루라도 빨리 죽으려면 아껴서 살자. 그렇게 비장하게 알뜰하게 살기 계획을 세우고 한 달이 지났다. 청구된 카드값이 거짓말처럼 반 토막이 되어 있었다. 나는 자신이 아껴서 쓴 것임에도 자릿수가 달라진 숫자에 놀라고 기뻤다. 정말 1분 전까지도 여전히 죽고 싶었는데, 갑자기 마음이 가벼워지면서, 그래 책을 열심히 써서 원고료로 갚자, 나머지는 다음 달에 생각하자. 그렇게 그냥 계속 살기로 계획을 바꾸게 되었다. 내 몫을 줄이는 일이 계속 살아가는 것에 대한 부담을 줄여주는 일이 되었다. 큰일은 하지 말고, 작은 일을 하자고 생각했다. 하면 된다는 말 말고, 되면 하자는 말로 바꾸어 생각했다. 그렇게 할 수 있게 되면 하자고. 아니면 말자고.

여전히 마음속에 밀과 보리가 자란다는 노래가 반복되어

흐른다. 어떻게서든 시간은 흐르고, 앞으로 나아간다. 씨를 뿌리고 흙으로 덮은 후에 발로 밟고 손뼉 치고 사방을 둘러본다. 어쩌면 이번 일은 내가 딛고 있는 세계의 땅이 최고 강도로 흔들리는 재난이었다. 이제껏 내가 믿고 살아왔던 사랑과 사람과 사랑하는 방식과 인연의 소중한 마음이 송두리째 뽑히는 일이었기 때문이다.

그렇지만 한 번만 다시 생각해보면, 그와의 인연은 고작 3년 반 동안의 일이다. 아무리 많이 사랑했어도, 거꾸로 아무리 큰 모욕을 당했어도, 어느 한 사람에게 내 인생의 지분이 100% 있는 것은 아니었다. 이제까지 내 삶에 뿌려진 낱낱의 사건들이, 이미 그럭저럭 내가 살아갈 수 있는 거름이 되었다는 것을 느꼈다. 다시 그냥 살기로 했을 때, 그 결심의 바탕에 이런 것들이 있었다.

내 땅에 아직 무언가 있구나. 밀과 보리를 키우고 있었구나. 내가 잊었던 것을 내 깊은 곳에 사는 마음이 노래로 불러준 것 같았다. 여기서 예전부터 계속 잘 자라고 있었다고.

가끔만 딸이
되고 싶다

버스를 탈 때, 운전자석의 뒷좌석 세 자리는 위험하다. 타는 문 위쪽에 설치된 거울을 통해 자신의 얼굴을 보게 되기 때문이다. 나는 그때마다 거울에 비친 내 옆얼굴이 몹시도 엄마의 얼굴과 흡사하게 느껴져서 흠칫 놀라고는 한다. 나이를 먹을수록 더욱 그렇다.

일을 마치고 집으로 돌아오는 버스에 앉아서 가방을 무릎 위에 두고 그 위에 손을 모아놓고 있었다. 또 우연히 그 거울을 올려다보게 되었다. 이번에도 지금 내 모습이 언젠가 내가 가만히 쳐다보았던 엄마의 모습과 겹쳤다. 어색하고 묘한 기분에 휩싸이

나리 나리 김나리

기도 하고, 속수무책으로 외로워지기도 한다. 내가 엄마 딸이 아니라 다른 사람이었으면 하는 그런 마음. 그 누구도 내 엄마가 아니었으면 싶은 그런 마음이 들어 놀란다.

가끔 딸이 되고 싶다. 물론 나는 이미 엄마의 딸이지만, 가끔만 딸이 되고 싶다. 후레자식으로 살고 있기 때문이다. 엄마에게 나보다 더 나은 딸이 있다면 좋을 텐데. 그러나 오늘은 당당히 딸이 되고 싶은 기분이었다.

엄마는 아침에 전화하여 이번 주 쉬는 날이 언제인지 물었다. 새로 산 매트리스를 가져다준다고 말했다. 방법은 알 수 없지만, 엄마는 매트리스를 차에 혼자 싣고 올 수 있다. 어떤 날 퇴근하고 집에 돌아오면, 엄마는 혼자서 냉장고나 장롱의 위치를 바꿔놓기도 한다. 책상 정도 높이에 있던 텔레비전 탁자의 다리를 해체하여 낮게 고쳐놓기도 했다. 언제나 그 장면을 본 일이 없다. 온 힘을 다해 밀면 겨우 조금 움직이는데, 도대체 엄마는 어떻게 혼자 가구를 옮기는 걸까.

엄마가 다녀간 집의 냉장고에는 엄마의 잡채와 도토리묵이 있다. 엄마 돈으로 산 복숭아도 있다. 이렇게 사랑하는 마음에 기대어 사는 주제에, 가끔 딸이 되고 싶다고 했을 때 고작 한다는 게, 아침에 매트리스 이야기를 하는 엄마한테 엄마 보고 싶어, 엄마 사랑해, 그런 말이나 횡설수설 떠드는 것이었다. 하지만 엄마는 개의치 않고 엄마의 용무를 이야기해 나간다.

어제는 술에 취해 술집 계단에서 넘어졌다. 무릎과 손목이 까졌다. 왜 사람들은 넘어질 때 엄마, 라고 할까. 맘마, 라는 단어를 더 먼저 말했을 가능성이 클 텐데. 어렸을 때의 나는 놀랄 때 엄마, 라고 말하지 않으려고 노력했었다. 나는 그렇게 누군가에게 의지하고 기대며 놀라지 않을 거야. 결심은 매번 무너졌다. 나는 매번 정확하게 엄마, 하고 놀랐다.

나는 여러모로 엄마를 닮은 딸이었다. 외적으로도 그랬지만 당황하거나 무안할 때 불시에 짓는 표정이 닮았다. 어렸을 때 엄마는 내가 눈물이 많은 것을 못 견뎌 하며 자주 혼내고는 했는데, 바로 그 점이 엄마를 가장 많이 닮은 부분이었다.

엄마와 내가 가장 다른 점이 있었는데, 그건 정리 정돈이었다. 나는 주로 물건을 버리지 않고 모아두었고, 엄마는 최대한 모든 것을 시간이 날 때마다 정리했다. 엄마는 내게 정리 정돈 자격증을 따보라는 말을 하기도 했다.

"다 읽은 책은 갖다 버려라."

"안 읽을 책은 다 갖다 버려라."

"더는 책을 사지 마라."

엄마가 내게 누누이 강조한 말들이었다. 엄마는 또 이렇게 말하곤 했다.

"쓸데없는 것 좀 사지 마라."

"쓸데없는 짓 좀 하지 마라."

"쓸데없는 사람 좀 만나지 마라."

그러면 나는 이렇게 항변하곤 했다.

"다 쓸 데 있어."

그러면 엄마는 또 말했다.

"어디? 말해봐. 어디?"

중학교 2학년 때 나는 친구들과 함께 시내에 놀러 가 3천 원 하는 옥색 장지갑을 샀는데, 다음 날 그 지갑을 본 엄마는 크게 화를 내며 그 지갑으로 나를 때렸다. 쓸데없는 걸 또 샀다는 것이었다. 나는 내 용돈으로 산 것이었고, 아이들이 무언가를 잔뜩 살 때 겨우 선택한 하나의 물건이었기 때문에, 엄마의 꾸중이 부당하다고 생각했다. 나는 이불을 뒤집어쓰고 울었고, 엄마는 밖으로 나갔다.

그날 엄마는 큰이모 집에 가서 이모와 사촌들에게 내 흉을 봤다. 내가 쓸데없는 것만 산다는 흉이었다. 지갑으로 얻어맞은 것보다 주변 사람들이 내가 지갑을 샀다고 얻어맞은 일을 우습게 들었다는 것이 수치스러워서 괴로웠다. 나는 그때 엄마와 앞으로 다시는 말하지 않겠다고 결심했다. 말은 어떻게 이렇게 힘이 셀까. 한번 들은 말은 못 들은 말로 되지 않았다. 자꾸만 사람들 앞에서 나를 우습게 말하는 엄마. 그 말을 듣고 앉아 있었던 사람들. 그리고 그것을 전해 들은 나. 나는 견딜 수 없이 화가 났다. 쓸데없는 짓이란 과연 이런 짓이 아닐까. 나는 이율배반적인 것들을 손에 꼽으며 원망했다.

남자친구와 헤어진 후 엄마가 우리 집에 오는 횟수는 눈에 띄게 줄어갔는데, 내 거짓말이 큰 몫을 했다. 엄마가 오려고 하면 집에 친구가 있다거나 하는 거짓말로 접근을 따돌렸다. 갑자기 엄마가 온다는 문자가 오면 헐레벌떡 달려 나가 쌀을 사고, 허겁지겁 청소하며 제대로 사는 것에 대해 깨달았다고 여겼던 나는, 그러나 계속해서 제대로 살아가지 못했다. 나는 제대로 사는 게 무엇인지 가슴 철렁하게 알았다고 생각했지만, 슬픔과 무기력은 그렇게 만만하지 않았다.

나는 이렇게 살아서는 안 되는 걸 알면서도 점점 더 무자비하게 무기력해져 갔다. 가득 넘치는 설거지 더미를 해결하지 않은 채 더는 집에서 아무것도 해 먹지 않았고, 되도록 일회용품을 썼다. 쓰레기를 분리해 버리러 나가지 않았고, 자연히 계속해서 집 안은 쓰레기로 가득해져 갔다. 쓰레기를 정리하고 버리러 나갈 여력이 없었다. 꼭 필요한 외출을 제외하고 가능한 모든 시간을 확보해 잠을 자는 데 썼다. 아침에도 초저녁에도 밤에도 새벽에도

나리 나리 깜나리

다시 아침에도 나는 놀라울 정도로 계속해서 잘 수 있었다. 나는 잠만 자는 더러운 괴물이 되어가고 있었다. 아무리 잠을 자도 잠이 부족하다고 생각했다. 그렇게 여름에서 가을까지 보내던 어느 날, 주말 아르바이트를 하고 있는데 엄마에게 전화가 왔다.

"너 집이 이게 뭐니?"

나는 지나치게 놀라서 피가 거꾸로 솟는 것 같았다.

"연락도 없이 막 오면 어떡해!"

나의 걱정과 불안은 화처럼 쏟아져 나왔다. 적반하장이었다. 엄마는 떨리는 목소리로 거의 우는 것처럼 말했다. 세 시간을 치웠지만 다 치우지 못했고, 더는 이렇게 살지 말라는 말이었다. 정리가 도대체 왜 어려운 거냐고 텔레비전에 나오는 더러운 쓰레기 집이 내 딸의 집이었다며 언성을 높였다.

"…치우려고 했어."

자신 없는 나의 말에 엄마는 대답했다.

"통장 아줌마한테 전화 왔어. 이상한 냄새가 난다고 한다고. 집에 무슨 일 있는 거 아니냐고. 말이 되니?"

엄마는 확실히 울고 있었다.

"엄마 이제 나이 먹어서 힘이 없어."

일렁이는 엄마의 목소리. 그리고 다른 말 없이 전화는 끊어졌다.

불안으로 차오르던 내 마음은 죄책감과 슬픔으로 가득해졌다. 이제 정말 제대로 살아야지, 이전이라면 그렇게 각오했을 마음이 그냥 다 내려놓을까, 엉뚱한 웅덩이를 파고 들어앉았다. 상처로 패이고 벌어진 틈이 좀처럼 아물지 않고 계속해서 움푹움푹 더 깊숙하게 패이고 더 나쁘게 감염되었다. 나는 완벽하게 쓸데없는 사람이 되어 있었다.

퇴근하고 돌아왔을 때, 집 안은 말끔하고 쾌적하게 치워져 있었다. 나는 쓰레기가 전부 치워져 발 디딜 곳이 넓어진 방바닥을 낯설어하며 집 안으로 들어섰다. 현관문 바로 앞 부엌. 깨끗하게 세척된 냄비와 그릇과 수저와 젓가락. 이 부엌에서 나는 남자친구에게 많은 것을 해 먹였다. 나는 그렇게 열심히 음식을 만들며 그 사람을 사랑하는 게 좋았다. 내가 열심히 하면 이 소중한 사랑을 지킬 수 있을 것 같았다. 돼지 갈비찜과 쌀국수와 수육과 파스타, 클램 차우더, 스테이크, 잡채, 김밥…. 그러나 수없이 많은 음식을 맛있게 먹고도 사랑은 가차 없이 내 곁을 떠났다.

내가 많이 주려고 했는데. 내가 더 줄 수 있었는데. 어째서 더 받지 않고 떠났을까. 나는 그렇게 생각했던 것 같다. 그러나 다시, 쓰레기가 치워져 밝아진 집 안 곳곳을 두리번거리며 생각했다. 나한테 평생 이렇게 잘해주는 엄마의 사랑을 빨아먹고도 모자라 나는 계속해서 상처를 주는구나. 내가 먹고 싶은 걸 챙겨주

나리 나리 김나리

고 싶어 하는 엄마. 내가 잘못된 방식으로 남자를 사랑했다는 것을 비로소 알 수 있을 것 같았다.

많이 주려고 했던 내 사랑의 방식이 잘못되었다고 생각하지 못했다. 나는 엄마가 아니다. 어느 때고 일방적인 것은 부자연스럽다. 사랑에는 전혀 다른 계산이 적용되는 법이라, 사랑을 받고 싶은 사람의 곁보다 내가 사랑을 주고 싶은 사람의 곁에 머무르는 것이 이익이 된다. 그러므로 사랑을 받고 싶은 사람의 곁을 떠나는 것보다 내가 사랑하고 싶은 사람의 곁을 떠나는 게 어렵다. 그 사람에게도 나를 이렇게 함부로 끊어내는 사정이 있겠지, 하고 이해하려 했던 날들의 답을 알게 된 것 같았다. 사랑하고 싶은 사람이 생긴 것이겠지.

깔끔하지 못하게 마무리한 것은 내 탓이 아니다. 나는 다만 그의 새로운 사랑이 그에게 얼마나 소중하고 절실했는지 느꼈다. 이렇게 엉망진창이 된 다음에야 겨우, 그 사람이 한 발자국 이해되며 내 마음의 한 페이지도 접히는 것 같았다. 버석하게 마른 미련의 검불 더미. 나는 가장 회피적인 방식으로 삶을 정지시켰다. 끝없이 이어 자는 잠과 위생적인 생활의 포기. 모든 대인관계의 단절로 타인의 비난도 피해갔다. 가장 신뢰했던 상대에게 비참하게 배신당했다는 사실을 든든한 배후로 마음 놓고 포기했던 나의 평온한 일상. 하지만 둘은 사실 전혀 다른 문제다.

삶을 지속시킨다는 것은 남은 삶에 기대하고 있다는 것이었다. 나는 사람과 신뢰에 대해 기대도 하지 못하고 그렇다고 정확하게 삶을 이만 끝내지도 못한 채 최선을 다해 나를 방치했다. 나를 방치하면 나는 어떻게 될까. 일상을 제대로 지키지 못하면 좀처럼 사람의 도리를 할 수 없다.

불행과 행복을 선택할 수 있다면 행복을 선택하고 싶고, 행복과 태어나지 않는 것을 선택할 수 있다면 태어나지 않는 쪽을 선택하고 싶지만, 계속 살아야 한다면 사람의 도리를 하고, 나도 사람의 도리를 받고 싶다. 나는 더는 삶에 기대하지 않았던 게 아니라 사람의 도리를 받으며 행복해지고 싶었다. 사람은 자신이 사랑받고 싶은 방식으로 타인을 사랑한다지만 그렇지 않은 경우가 더 많다.

사람은 자신이 사랑하는 방식으로 살아간다. 그런 경우가 더 많다.

나리 나리 김나리

커튼이 된
엄마

엄마는 스물네 살에 나를 낳았다. 지금도 가만히 눈을 감으면 어릴 적 살았던 집들을 차례대로 떠올릴 수 있다. 단칸방도 다 같은 단칸방이 아니다. 정말 방만 있는 단칸방, 다락이 있는 단칸방, 화장실이 실내에 있는 단칸방. 이 단칸방들을 두루 거쳐 방 두 개에 작은 거실이 있는 집으로, 방 세 개와 욕조와 베란다가 있는 집으로 이사 갔다. 그 집들이 안개처럼 희뿌연 필터를 두르고 한꺼번에 떠오른다. 그때는 그렇게 계단을 올라가듯 집을 넓혀가는 것이 당연하다고 생각했었지만, 세상에 당연히 좋아지는 사정은 없다는 것을 나는 참 늦게 알게 된 것 같다.

가끔 내 나이에서 스물넷을 빼본다. 그러고 거기에 다시 1을 더하면 엄마가 지금 내 나이 때 첫째 딸인 내가 몇 살이었는지 알 수 있다. 지금 나에게 열두 살의 딸이 있다면, 하는 식으로 가정해보면 나는 그 단 한 가지 이유만으로도 갑자기 엄마를 향한 존경심이 샘솟는다. 혼자서 집을 넓혀가는 것도 힘든데 엄마는 딸 둘까지 데리고 얼마나 열심히 살았을까. 하지만 크는 동안에는 미처 그 고단함을 알지 못했다.

그때 더 중요했던 건 이런 문제들이었다. 아껴 먹으려고 반만 먹고 장롱과 벽 틈에 보관해 두었던 바나나 맛 쭈쭈바가 다 녹아 튜브 안 가득히 개미가 꼬였던 것. 그 튜브를 두 손으로 움켜쥐고 숨죽여 울었던 것. 장롱 안에 들어가 잘 갠 이불 위에 누워 침대를 가진 것처럼 좋아하고 있으면 거지같이 뭐 하고 있는 짓이냐며 벼락같이 들이닥치는 엄마의 호통이 원망스러웠던 것. 어디를 가던 뛰어다니다가 다리에 멍이 가실 날이 없었던 것. 동생과 싸우고도 하나뿐인 좁은 방 안에서 서로 피할 곳이 없어 이쪽저쪽 구석에 붙어 씩씩대며 서로를 노려보던 것. 너희는 눈만 마주치면 싸우니 서로 눈을 마주치지 말라고 한 엄마의 협박성 잔소리까지. 어디에 녹화해둔 것도 아닌데 기억이 난다. 울고불고했었지만 그때의 맹렬했던 분노는 다 증발해버리고 없다. 시간이 지나 돌이켜보니 아웅다웅하는 꼬맹이들이 귀엽게 느껴진다.

반면 지금에 와서 생각해보니 새삼 미안한 마음이 드는 일도 있다. 나와 달리 애교 많고 귀여운 동생에게 괜히 샘을 냈다. 그래서 싸우다 수세에 밀리면 맥락도 없이 너는 붕어를 닮았다고 일부러 상처 주려고 작정을 하고 말했다. 어렸을 때 받은 외모에 대한 놀림은 생각보다 오래 기억에 남아 성인이 되어도 잊히지 않는다. 나는 앉은키가 크다고 놀리는 이모들 덕분에 구부정하게 앉는 것이 버릇이 되었다. 다 큰 동생에게 너는 정말 붕어를 닮지 않았다고 아무리 진심으로 말해봐야 소용없다. 때늦은 사과는 그냥 계속 미안해하며 짊어지고 가야 하는 마음의 빚이다. 만일 서운한 일과 미안한 일 중에 골라 가질 수 있다면 내가 사랑하는 사람들에 한해서는 얼마든지 내가 서운한 일만 가져가고 싶다. 불가능한 가정법이지만.

　　그리고 또 하나의 잊을 수 없는 미안한 장면. 인생에서 기억할 수 있는 가장 어린 날의 기억은 처음부터 지금까지 변함없는 슬픔으로 간직되어 있다. 언제 떠올려도 슬프고 다시 생각해도 슬픈 그때.

　　작은 단칸방 안, 작은 이불 위에 이불보다 조그만 동생이 누워 팔다리를 꼼지락거리고 있고, 네 살의 나는 작은 방을 돌아다니며 엄마를 찾았다. 너무 조용해서 햇빛에 산란하는 먼지가 나부끼는 소리조차 사각사각 들리는 것만 같았던 한낮이었다. 엄마가 왜 없지, 나는 방 이쪽의 이불 서랍장에서 저쪽의 티브이 앞으로 다시, 또다시 걷다가 문득 창문 앞에 길게 늘어뜨려진 커튼 앞에서 걸음을 멈추었다.

한여름인데도 두꺼운 아이보리색 커튼. 와인색 물결무늬가 사선으로 그어진 그 지겨운 커튼. 그 커튼의 한구석이 보따리처럼 불룩하게 튀어나와 있었다. 나는 보따리 앞으로 더는 다가가지 못하고 가만히 커튼을 보았다. 커튼 안쪽에 웅크리고 앉아 커튼이 되어버린 엄마가 숨죽여 우는 소리가 들렸다.

마음이 저릿해지는 통증은 몇 살부터 가능할까. 나는 늘 엄마가 커튼이 된 장면이 떠오를 때마다 자박자박 차오르는 아픔을 실제로 느낀다. 그런데 이때의 마음 아픔이 네 살 때부터 이어져 온 것인지, 살면서 덧붙여진 감상인지 늘 궁금하다.

기억은 언제나 시간을 초월한다. 생생한 당시를 어제 일처럼 온전히 마음에 담고 있다고 생각하지만, 어쩔 수 없이 장면은 훼손되고 편집된다. 그때그때의 입장과 기억 능력의 감퇴가 반영되는 것이다. 하지만 나는 지금도 어쩐지 그때의 내가 기저귀를 찬 채로 커튼이 된 엄마를 보며 가슴이 저릿하게 멍이 든 것처럼 아팠다고 기억한다.

커튼까지 한 발자국. 거기 그대로 서서 움직이지 못하던 나와 엄마. 대낮인데도 슬픔이 눅눅하게 붙어 있던 살구색 빛바랜

장판까지. 숨어서 울던 엄마의 마음 빼고 모든 것들을 기억한다.
스물일곱의 엄마는 네 살 아이와 한 살 아이를 데리고 살았다. 나
는 그때의 엄마 나이를 넘어선 지 오래인데, 한참 부족한 기분이
다. …서운했던 기억을 다 잊었기 때문이겠지?

도시락
한 보따리

엄마는 부모님이 반대하는 결혼을 하느라 가난하게 살림을
시작했다. 이렇게 상투적으로 익숙해진 문장은 현실을 뭉뚱그리
고 밋밋하게 만든다. 가족에게 지지받지 못한 시작, 젊은이들의
가난함, 그렇게 꾸리는 살림살이들 구석구석 피로와 진저리가 더
께처럼 쌓여갔다. 부엌과 작은 방이 붙어 있는 좁은 단칸방 살림
이었다. 지금은 흔히 볼 수 없는 기름보일러를 쓰는 집이었다.

일단 그렇게 방을 구해 살았지만, 기름도 비싸고, 쌀도 비싸
고, 가난하게 살림을 꾸려야 하는 엄마에게 비싸지 않은 것은 오
로지 밀가루뿐이었다. 그래서 우리 집은 삼시 세끼 수제비를 만들

어 먹던 때도 있었는데 다행히도 엄마의 수제비는 정말 맛있었다. 감자도 달걀도 파도 한 조각 없는 수제비. 그렇지만 아이들에게 대파 같은 것은 어차피 무용한 맛이니, 그것마저 없었다고 해도 슬퍼지지 않는다. 다만 당시 어른이었던 엄마만이 지금은 수제비를 좋아하지 않는다. 같은 일을 함께 경험한 사람들일지라도 각자 다른 감정으로 그 일을 기억한다는 것을 새삼 깨닫게 된다.

객관적인 행복이란 없다. 어느 여름방학의 일이다. 엄마와 나는 나란히 거실 벽에 기대앉아 바밤바를 먹고 있었다. 엄마가 내게 말했다.

"그래도 우리 가족 정도면 행복한 것 아니니?"

나는 엄마가 갑자기 꺼낸 행복이라는 단어에 깜짝 놀랐다. 괜히 방바닥에 몸을 한 바퀴 빙그르르 돌렸다. 열 살 무렵부터 사춘기가 시작되었던 나는 한창 우리 가족은 사이가 좋지 않고, 그래서 나는 불행하다고 매일 밤 생각했기 때문이다. 그때는 어린 몸집만큼 세상이 좁았고, 그 작은 세상에 엄마와 아빠란 대단히 큰 존재였는데, 늘 술에 취해 있는 아빠와 신경질쟁이 엄마 사이에서는 좀처럼 마음 편히 행복할 수 없었다. 행복과 불행의 중간 문턱도 아니고 불행 쪽으로 엎어져 있는 내게 행복이라니. 엄마가 꺼낸 말이 반칙처럼 느껴졌다. 나는 당황해서 말끝을 늘어뜨리며 말했다.

"글쎄 잘 모르겠어."

전혀 행복하지 않다고 맞서고 싶은 마음과 그 말을 들으면 엄마가 얼마나 상처받을까 걱정되는 마음 사이에서 나는 솔직하게 대답할 자신이 없었다.

이것도 이제야 생각하지만 엄마의 맥락은 좀 더 다채로웠을 것이다. 월세에서 전세로 집을 넓혀간 것, 가족들에게 큰 병이 없는 것, 일상을 일궈나가는 것 등등 삶을 아등바등 버티는 데 대한 자체적인 평가 결과 '양호함'이었던 거 아닐까. 나는 그런 사정은 까맣게 모른 채 엄마 아빠가 나를 대하는 불친절한 태도, 불현듯 내뿜는 불같은 화와 같은 것들에 매일매일 마음이 저며졌다. 불안하면 자꾸 화가 난다는 걸 어른이 되고 알게 되었다. 손사래 치던 가지가 얼마나 풍미 있고 근사한 안주인지 어느 날 문득 알게 되었던 것처럼.

내게 어른의 맛이 된 몇 가지 어른의 세계가 있다. 토마토 가지볶음과 상온 소주가 그 각별한 예다. 그리고 또 이런 것들. 화를 내는 것처럼 보이는 사람이 실은 불안하거나 마음 약해져 있는 거라는 걸 눈치채는 마음. 상대가 화를 내는데 나는 화가 나지 않을 때가 있다. 그럴 때는 대부분 상대의 불안을 눈치챘을 때다. 지금 내게 화를 내는 게 아니라 불안해서 목소리가 커지고 있구나, 하고 알게 된다. 놀라서 엄마야! 라고 외치는 것과 같다.

개들이 짖는 이유 대부분이 상대를 위협하기 위해서가 아니라 자신의 두려움을 방어하기 위해서인 것처럼. 하지만 상대의 불안을 눈치채긴 아직 역부족인 아이의 세계에서는 자신에게 향하는 화는 반드시 위협이 된다.

어느 해 겨울. 추위가 절정이던 깊은 겨울이었다. 엄마는 현관문을 열고 나가려는데 문 앞에 쌀이 한 포대 놓여 있는 것을 봤나. 그리고 문을 한 번 닫았다가, 다시 열어 그것을 집 안으로 가지고 들어왔다. 엄마는 한동안 가슴이 콩닥콩닥 떨렸다. 남이 잘못 두고 간 쌀을 그만 들고 들어와 버렸을까 봐 두려웠던 것이다. 그러나 두려움도 잠시. 그다음에는 기름보일러 옆에 놓여 있는 빨간 주둥이의 하얀 기름통에 기름이 채워져 있었다. 어린 새댁이 아기를 포대기에 업고 밤마다 눈물 바람이었던 것을 본 주인집 아주머니가 속이 상했던 거였다. 엄마는 외면하는 부모보다, 멀리 있는 형제자매보다, 매일 술 먹고 없는 살림을 부수는 남편보다, 곁에 있던 이웃이 고마웠다고 했다.

"그러게 엄마, 반대하는 결혼을 왜 했어. 외할아버지 말 좀 잘 듣지."

"반대하지 않아도 우리 집은 가난했을 거다. 그리고 너도 태어나지 않았을 거야."

"그러니까, 어려운데 날 뭐하러 낳느냐고."

"이놈의 기지배가. 말을 해도 꼭."

엄마도 이런 딸을 바라지 않았겠지.

아무튼 겨울이 되면 자주 떠오른다. 하얗게 눈이 내린 추운 겨울에, 무심코 현관을 여는 가난한 새댁이 문 앞에 놓인 쌀 포대를 보고 깜짝 놀라 문을 닫았다가, 다시 열어 쌀 포대를 조심히 끌고 집 안으로 들어오는, 아무 말 없는 장면. 남의 것을 훔친 것 같아서 가슴이 막 뛰는데도 묵직한 쌀 포대에 묘하게 안심이 되는 엄마의 마음. 누군가 날 도와준 걸 거야, 이건 먹어도 되는 거라고 막연히 하늘에 대고 감사하게 되는 젊은 새댁의 간절한 기도. 제발 누가 날 좀 도와줬으면 했을 때 찾아온 선물이었으면 좋겠다는 생각.

조용히 빈 기름통을 채워주고, 김장 김치를 가져다주고, 부침개를 부쳐서 가져다줄 때도 주인집 아주머니는 늘 별말씀이 없었다고 한다. 집에 와서 같이 먹자고 하든가, 그런 번거로움도 없이, 아기랑 같이 먹으라고 하고 가고 말았다고. 아주머니는 동생과 나의 생일이 돌아올 때마다 24색, 36색 하는 금색 은색이 있는 크레파스, 샤프와 샤프심과 로봇 연필로 가득 채운 필통 같은 걸 꼬박꼬박 챙겨주었다.

그 밖에도 동네 사람들의 호의를 많이 받았다. 옆집에 살던 젊은 언니는 동생과 내게 토마토를 강판에 갈아 하얀 설탕을 뿌려서 주고는 했다. 예쁘네, 착하네, 만나면 인사처럼 꺼내주는 온화한 말들. 이렇게 달콤한 걸 엄마는 왜 안 해줄까. 유리잔 안에 든 갈린 토마토를 아껴 먹을 때마다 그런 생각밖에 못 하는 철딱서니 없던 나.

그러던 어느 날, 골목에 서서 유치원 버스를 기다리던 나는 갑자기 크게 울음을 터트리고 말았다. 도시락을 챙기지 않은 것이 갑자기 생각난 것이었다. 얌전히 버스를 기다리고 서 있던 나는 골목이 떠나가게 울기 시작했다. 출근 시간이 지나간 한적한 아침, 그 울음소리를 듣고 가게 어른들이 골목으로 나왔다. 문방구 아주머니, 부동산 아저씨, 슈퍼 아주머니, 그 골목에 있는 상점 주인들이 모두 나와 반상회라도 하듯이 도시락을 못 챙긴 아이를 두고 의논했다.

"에 밥은 먹여야지."

그다음에는 모두가 힘을 합쳐 도시락을 싸기 시작했다. 식당 아주머니가 가지고 나온 투박한 플라스틱 통 안에 가게에 있던 밥이랑 김이랑 슈퍼에 있는 빵이며 딸기우유, 그런 걸 모두 모아 대단한 크기의 꾸러미가 순식간에 만들어졌다. 유치원 버스가 도착하기 전에 일사천리로 벌어진 일이었다. 그때까지도 나는 계속 엉엉 울고만 있었다.

"울지 말어, 울면 머리만 아파. 이거 먹으면 된다."

"아가, 여기 먹을 거 많아. 울지 마."

그 장면이 겨울이 되면 떠오른다. 그 통을, 돌려드렸던가, 하면 기억나지 않는다. 고맙습니다, 하는 인사도 제대로 못 했던 것 같아 뒤늦게 마음에 걸린다. 너무 큰 도시락통을 들고 가라고 한 게 마음에 안 들어, 나는 어린이인데, 왜 어른 것을 주냐고, 무겁다고, 시무룩했던 여섯 살의 여자아이는 그날 이후로 평생 그때의 거침없이 다정했던 어른들을 잊지 못한다.

엄마의

사과

나는 초등학교 3학년 과정이 끝나가도록 구구단을 외우지 못했다. 상반기에는 그래도 같이 느린 친구들이 몇 명 있었는데, 여름방학이 끝났을 때는 우리 반에서 내가 유일했다. 아마 다른 친구들은 초등학교 들어오기 전에 이미 시작했거나, 늦어도 2학년 때는 다 마쳤던 것 같다. 요새 아이들은 19단까지도 외운다고 하니 나는 놀랍도록 게으른 수학 지진아였다. 엄한 담임 선생님께 혼나서 울기도 많이 울었지만, 어영부영 4학년이 되었을 때도 구구단을 능숙하게 외우지 못했다. 어쩌면 지금도 그럴 수 있다.

엄마는 회사 일과 부업으로 바쁘게 일했던 시기였다. 뒤늦게 내가 구구단을 외우지 못한다는 사실을 전화로 전해 들은 엄마는 매일 새벽 집에서 부업을 하며 내가 일어나기만을 기다렸다가 무서운 분위기를 내며 구구단 외우기를 시켰다. 나는 너무도 하기 싫어 거의 울음을 삼키며 매일 실패했다. 실패하다 보니 자꾸 실패했다. 한 번 틀리게 부른 노래는 계속해서 틀리게 부르게 되는 것처럼.

그러나 믿을지 모르겠지만, 그렇게 나를 막 누르면서 시키는 걸, 때린다고 해야 한다니, 강한 모욕감이 들어서 반발심에 더 할 수가 없었다. 때리니까 외웠다는 말을 죽어도 듣고 싶지 않았던 것이다. 난 아마도 그때부터 예감했던 것 같다. 내 인생이, 나의 존엄을 지키기 위하여, 피치 못하게, 지진아의 상태일 거란 것을.

매 학년 음악 시간마다 주구장창 시켜대던 리코더 운지법에도 약했다. 늘 무리의 틈에서 하는 시늉만 하다가 한 명씩 앞으로 나와 해야만 하는 개별 수행평가에 다 들켰다. 산만하게 까불기 좋아하는 남자애들보다도 못하는 정도가 아니라 정말 따라가지 못하는 상태였다. 그러나 내가 매번 얌전하고 진지하게 단체 연주에 임했기 때문에 선생님들은 매번 할 말을 잃었다.

"연습하면 할 수 있어."

선생님들은 말했지만, 나는 초반의 테스트 단계에서 늘 미리 단념했다. 아니, 저는 할 수 없어요. 저는 리코더를 잘할 수 있는 사람이 아닙니다. 그 시절 내가 잘했던 것은 연도별 한국사 사건 외우기, 삼행시 쓰기, 실과 시간의 박음질, 포스터 그리기.

엄마는 불현듯 문자를 보내왔다.

"나리야. 너희 어렸을 적 엄마가 상처 줬었던 것 미안해. 이 엄마는 왜 그렇게 마음에 여유가 없었는지. 정말 미안하다."

부쩍 사과가 많아진 엄마는 요즘 어떤 계절을 시나고 있을까.

"괜찮아, 엄마도 어렸잖아."

그렇게 말하고 나니 잘난 척하는 사람 된 기분이 들어 무언가 개운치 않았다. 그러나 엄마는, 고맙다고 말하며 하트를 보냈다. 집에 손님이 있어도, 이모네 집에서도, 길이든 어디서나 장소를 가리지 않고 매를 드는 엄마에게 아주 어렸을 때도 수치심을 자주 느꼈다. 늘 손이 올라올까 위축되고 눈치를 봤다. 하지만 그랬었다는 것만 기억이 날 뿐, 모든 장면이 낱낱이 기억나는 것은 아니다. 그래서 엄마가 하는 사과가 다소 부담스럽게 느껴졌다. 삶이 너무 빠듯했을 그때의 엄마를 이해할 수 있는 마음과 왜 나를 위축되고 눈치 보는 소심한 사람으로 자라게 했을까 하는 원망의 양면적인 마음이 판단의 갈피를 쉽게 잡을 수 없게 했다. 그리고 기본적으로 나는 엄마를 사랑하는 사람이었으므로,

내게도 엄마에게 미안한 일들이 있다.

어렸을 때 동생과 나는 불에 굽는 고기만 좋아해서 아빠의 월급날이면 으레 동네에 있는 태평양념갈비집에 갔다. 그러던 어느 날, 단 한 번. 엄마는 시골에 다녀오는 길에 평소와 다르게 새로운 의견을 냈다.

"오늘은 불고기 먹자."

아빠는 좋다고 했다. 동생과 나는 갈비가 아니라니 무척 실망이 컸다. 결국 늘 가던 고깃집에 가서 불고기를 시켰다. 평소와 다른 황동색 고기 판이 나온다. 동생과 나는 그것부터 못마땅했다. 물에 담긴 척척한 고기. 버섯이며 당면이며 고기를 밥에 비벼 줘도 싫다고 안 먹으며 둘 다 똑같이 툴툴대고 앉아 있었다. 그날은 엄마의 생일.

엄마는 이것도 맛있어 한번 먹어봐, 하며 기쁜 얼굴로 권했지만 나는 마음이 상해 토라지고 말았다. 엄마가 어떻게, 먹고 싶은 걸 말할 수 있어. 우리는 그런 고기 좋아하지도 않는데. 어떻게 한 달에 한 번뿐인데 양보하지 않을 수 있어. 마음속에 억울한 마음과 원망이 피어올랐다.

초등학교 3학년이 되기 전의 일이다.

나는 지금까지 그날의 일이 마음에 걸린다. 두고두고 엄마에게 미안하다. 이미 어쩔 수 없이 흘러가 버린 옛날 일이지만, 나는 내가 엄마에게, 엄마가 먹고 싶은 걸 말하라고, 그걸 먹으라고, 그런 말을 하는 어린이였길 바란다. 하필 엄마의 생일에 그랬을까. 그 나이라면 딱히 유별나지 않은 일이었다고 생각하며 마음속에서 치우려고 해도 미안함이 바위처럼 물러서지 않는다. 인제 와서는 엄마가 매일매일 좋아하는 것만 골라 먹었으면 좋겠다. 지나치게 사소한 일들이 켜켜이 쌓여버리고 마는 지독한 관계가 가족일까.

그 사람의 눈썹이
파도처럼 밀려온다

우연한 일로 제주에서 한 달을 지내게 되었다.

김포공항에서 비행기를 타고 제주공항에 처음 도착했을 때, 아무 정보도 없는 이 먼 곳에서 내가 한 달을 살게 되었다는 사실이 좀처럼 실감 나지 않았다. 이른 아침 비행기를 타 잠이 덜 깨서인지도 모르겠다. 제주공항에서 나와 100번 버스를 타고 가다가 터미널에서 702번 서일주 노선버스로 갈아탔을 때, 왠지 그냥 다시 집에 가서 눕고 싶은 마음이 들어서 캐리어와 옷가방을 옆에 앉혀둔 채 설렘도 없이 가만히 창밖만 바라보았다. 버스가 출발하려고 막 움직이는 찰나에 눈에 띈 빨간색 중국집 간판을 보며,

나리 나리 김나리

다시 집으로 돌아가는 날에는 저기서 짜장면을 먹고 가야지, 아무것도 기대하고 싶지 않아서 나는 그런 걸 계획했다.

그때 할머니 두 분이 출발하려던 버스를 향해 손을 흔들며 달려왔다.

"얼른 타세요, 얼른 타세요. 일단 타시고 카드 찍으세요."

운전을 멈추고 재촉하는 버스 기사님의 말에 아랑곳없이 할머니들은 달려오던 기세는 간데없이 한 걸음 한 걸음 천천히 버스에 탑승했다. 어서 출발해야 한다는 기사님의 말은 안 들리는 척 태연히 인사만 던진다.

"고맙수다."

"고맙수다."

"나 카드 없수다. 아이고 또 잊어부렀지. 카드 하나 만드는 걸."

"오백짜리이무다. 허호~"

허호, 하며 휘파람을 불듯 웃는 할머니의 웃음소리가 들리기 전부터 나는 갑자기 설레는 마음으로 가득해졌다. 입안에 바람이 가득 들어가는 것 같은 제주도의 말. 나는 그 말을 듣자마자 제주가 그냥 좋아지는 것 같았다. 여기는 진짜 먼 곳이구나. 말이 아주 다르구나. 여기서 저 말을 많이 듣고 가야겠다고, 그런 생각을 했다.

한 달 동안 묵을 숙소의 바로 앞에 해변이 있었다. 한 발자국만 건물 밖으로 딛어도 거짓말처럼 해변의 모래를 밟을 수 있었다. 가져온 옷은 그대로 캐리어에 놓아둔 채로, 나는 숙소에서 만난 사람이 내어준 펄럭이는 냉장고 바지와 슬리퍼를 신고 다녔다. 바람이 너무 많이 불어서 도착한 다음 날부터 바로 화장도 하지 않게 되었다. 모든 것이 거센 바람에 날아갔다. 담배에 불을 붙이면 나보다 먼저 바람이 다 피워버렸다.

숙소 주변에는 높은 건물이 없었기 때문에, 나는 언제나 내 키에서 바다를 봤다. 그러던 어느 날, 화창한 한낮에, 2층 건물의 옥상으로 올라갈 일이 생겼다. 그 건물의 계단 청소를 돕게 되었기 때문이었다. 빗자루를 들고 계단을 올라가는데 큰바람이 불어왔다. 무서운 마음에 문득 뒤를 돌아보았을 때, 부서지는 태양 아래, 저 멀리서부터 흰 포말을 잔뜩 품은 파도가 몇 겹이나 몰려오고 있었다. 눈썹처럼 보이는 짧은 물결이 총총히 몰려오는 걸 보자마자, 나는 그 한 겹 한 겹의 모든 파도가 사랑하는 사람의 눈썹, 수염, 그밖에 모든 털로 보이는 걸 알았다. 파도마다 그 사람의 얼굴이 두둥실 떠오른 채 몰려오고 있었다.

이때까지 나는 그 사람이 파도를 닮았다는 걸 꿈에도 모르고 있었다. 가슴이 사정없이 두근거리고 일렁였다. 나는 그 순간 그 사람이 전보다 더 많이 좋아지고 있음을 느꼈다. 파도를 닮은 사람이라니. 그렇게 말이 안 되는 사람이라니. 나는 그게 무척 좋았다. 나는 파도가 너무 좋아서 눈물이 났다.

이제 일주일을 보았을 뿐이지만 해변에는 밀물과 썰물이 매일 정확한 시각에 찾아왔다. 물이 밀려오고 떠내려갈 때마다 나는 서서 그걸 보고 있는 게 좋았다. 그리고 오늘은 내가 썰물보다 밀물을 더 반가워하고 있다는 걸 알았다.

오후 다섯 시 반이 되면 물길은 엄청나게 서두르며 해변으로 돌아왔다. 더 일찍 도착하려고 속력을 내는 것처럼 보였다. 꼭 약속한 시각이 되어 집으로 돌아오는 것처럼. 밥 짓는 냄새라도 맡은 것처럼. 만년이 넘게 계속되어 온 당연한 일일 텐데도 그게 매일 감동이었다.

물이 땅으로 서둘러 돌아온다니.

이렇게 자박자박 발소리를 내며 한달음에 달려서 오다니.

낮에 비양도가 보이는 바다의 수평선을 보고 있으면 지구는 스노우볼처럼 보였다. 둥근 저쪽을 한번 기울이면 계속해서 무언가 쏟아지고 흩날리며 반짝이는 것이 두둥실 공중으로 내릴 것만 같았다. 그것은 눈, 같은 것. 파도, 같은 것. 섬, 같은 것들. 물이 밀려오는 오후 다섯 시 반마다 해변에 나갔다. 그러면 왠지 내가 그에게 말을 걸고 있는 기분이 들었다. 환장하고 뛰어대는 강아지를 쓰다듬는 것처럼. 왔어? 하고.

어! 안녕!
어디 가니!

아침에 지하철역에서 전동차를 기다리는데 내 앞에 과잉행동장애로 보이는 청소년이 혼자 서 있었다. 그 애는 연신 좌우로 왔다 갔다 하며 정확히 알아듣기 어려운 말을 중얼거렸다. 전동차가 도착하지 않아 굳게 닫혀 있는 스크린도어를 노크하듯이 여러 번 두드리기도 했다.

드디어 역에 전동차가 도착했고, 전동차 안쪽에서 내리려는 사람들이 쏟아져 나왔다. 그 애는 사람들을 보자 갑자기 크고 분명한 목소리로 말하기 시작했다.

"안녕하세요! 안녕하세요! 안녕하세요!"

이 난리에 반가운 인사라니. 나는 그 애의 끝없는 인사를 신기하게 보고 있었다. 마치 사람 수를 헤아려 외치는 것 같은 빠르고 많은 인사. 환승이 가능한 역이라 문 앞은 순식간에 번잡해졌다. 나가는 곳과 갈아타는 곳의 계단을 찾아 인파가 앞다투어 바쁘게 빠져나가는 가운데 파마머리를 한 중년의 여자가 몸을 돌려 큰 소리로 그 애에게 대답했다.

"어, 안녕! 어디 가니!"

그 애는 이미 전동차에 오른 뒤에도 용케 그 소릴 알아듣고 더 큰 소리로 대답했다.

"철도박물관이요!"

파마머리 아줌마가 전동차 바깥에서 말했다.

"조심히 가!"

그러고 그녀는 가려던 길을 이어서 걸어갔다. 나는 내 눈앞에서 순식간에 벌어진 다정한 인사 나누기에 큰 충격을 받았다. 시선이 안정적이지 않은 아이의 얼굴에서 갑자기 맑은 사랑스러움이 건져 올려진다. 그 애는 철도박물관에 가려고 전동차에서 내릴 때도 다시, 안녕하세요! 안녕하세요! 모르는 사람들에게 연거푸 인사를 건넸다.

낯설고 친절한
울릉도

울릉도에서 나오기로 계획했던 날 갑자기 날씨가 나빠졌다. 비가 오는 건 아니었지만 전에 내가 경험해보지 못한 강풍이 불었다. 혼자 밥을 먹으러 항구에 내려갔더니 파도가 성인 남자 키를 한참 넘게 덮도록 큰 파도가 치고 있었다. 거대한 파도가 눈앞에 펼쳐지는 걸 당혹스럽게 바라보면서 나무가 뽑히는 건 아닐까, 주차된 차들이 날아가지는 않을까 겁이 났다. 항구 주변에 있던 모든 차와 사람들은 파도를 뒤집어썼다.

오늘 섬에서 나갈 배는 내일로 연기됐으나 항구 주변 식당에서 따개비 칼국수를 먹으며 들은 주민분 말로는 아마 내일도 모레도 배가 뜨지는 못할 거라고 했다. 보름 동안 배가 뜨지 않았던 날도 있다고 했다. 어차피 예정대로 출근은 못 하니까 울릉도 총각과 결혼하는 게 좋지 않겠느냐는 농담도 하셨다. 울릉도에 여행 온 지 닷새쯤 되는 날이었다. 혼자 들러 아침을 먹으며 익숙해진 울릉도 주민분들은 금세 내 얼굴을 알아보며 선뜻 이야기를 이어가고는 했다. 글쎄. 울릉도에서 산다는 것은 어떤 걸까.

울릉도에 도착한 날 만났던 울릉도 보건소장님은 울릉도는 여행하기는 좋지만 사는 건 답답해서 힘들다고 했다. 내가 "저는 좋을 것 같은데요."라고 말했더니 여기는 배스킨라빈스도 없고 서점도 없고 커피 전문점도 하나 없고 정말 아무것도 없다며, 울릉도에 없는 것들을 한없이 늘어놓았다. 가만히 아 그렇구나 그러고 보니 그런 게 다 없었구나, 하며 듣고만 있었다. 보건소 주변을 걷다가 들른 슈퍼에서 아이스크림을 고르며 내가 말했다.

"배스킨라빈스 좋아하세요?"

"내가 배스킨라빈스 울릉도점을 해볼까."

평상에 앉아 있던 슈퍼 주인아주머니께서 배스키 그건 뭐하게요, 소장님 정년 퇴임해요? 하고 의아한 듯 이야기했다.

"…맛있잖아요."

우리는 슈퍼에서 메로나를 사 먹었다.

내가 묵었던 숙소 앞에는 식물원이 있었다. 그 식물원을 조경했다는 김씨 아저씨와 보건소장님을 만나 차를 마시는데 김씨 아저씨는 대뜸 보건소장님께 금강산에 가보고 싶다고 말했다. 보건소장님은 시큰둥하게 거기는 뭐하러 가, 나는 안 가도 돼, 하고 말했는데, 다시 김씨 아저씨가 조국인데 가봐야죠! 우리 민족인데! 하고 대꾸했다. 보건소장님이 느릿한 말투로 나는 발리에 가고 싶다, 하고 말해서 우리는 조금 웃었다.

"발리는 왜요?"

"거기 작살로 고기 잡는 좋은 데가 있대. 물고기가 작은 사람만 하다는데."

보건소장님은 스킨스쿠버를 좋아했다.

울릉도에 여행을 온 것은 무척 충동적인 일이었다. 연고도 없고, 가보고 싶다고 생각한 적도 없었는데 돌연 심란한 마음이 울릉도에서 바람을 맞으면 좋아질 거 같다는 생각이 든 것이다. 다음 날 바로 묵호항으로 갔다. 몇 년 전 장편소설을 완성해온다고 울릉도에서 한참 지내다 온 친구가 참 좋았다고 두고두고 했던 말이 갑자기 마음을 동하게 하기도 했다. 친구는 그때 사귀어 두었던 주민분들에게 친한 친구가 혼자 울릉도에 간다고 연락을 해둔 것 같았다. 울릉도에 도착하니 그 연락을 받은 주민분들이 놀랍게도 선착장에 마중을 나와 있었다. 그분들은 나를 차로 숙소까지 데려다주었다.

　도착한 날 저녁에는 마중 나와준 주민분들과 항구에서 통오징어와 소주를 마시고, 다음 날 저녁에는 건축사무소 이사님이 울릉도 약소 ―울릉도에서 약초를 먹고 자란 한우― 를 사주셨다. 건축사무소 직원들 저녁 식사 자리 같았다. 울릉도 약소는 태어나서 처음 먹어봤는데 부드럽고 달았다. 울릉도에서 먹은 음식들은 다 맛있었다. 홍합밥도 따개비 칼국수도 담백하고 단정한 맛이 났다. 재료 본연의 맛이 선명하게 드러났다.

　저녁을 먹으면서는 만난 영주 언니는 미국에서 벌꿀 기르는 걸 영상으로 만들고 있는데 울릉도 벌꿀을 보러 혼자 여행을 온 차였다. 우리는 대뜸 명이절임이 왜 이렇게 맛있는 거냐며 한참 신이 나서 이야기했다. 울릉도에 가서는 말 한마디 하지 않고 가만히 시간을 보내고 올 줄 알았는데 나는 매일 울릉도의 구석구석을 둘러보느라 바빴다. 바람을 이겨내며 산꼭대기를 기어 올라가 녹차밭을 보고, 점심 저녁도 혼자 먹는 법 없이 동네 분들을 만나 즐겁게 이야기하다가 돌아왔다.

　혼자 떠난 여행이 와자지껄 신나는 여행이 되어버려서 울릉도를 떠나기로 한 날에는 기분이 많이 바뀌어 있었다. 혼자 있고 싶어서 온 곳에서 잠들 때 빼고 한시도 혼자인 법이 없었는데 왠지 기분은 한결 나아져 있었다. 다른 방향의 바람을 느꼈다. 어

　　　　　　나리 나리 김나리

째서 좋았던 기억은 떠올리면 좋은 기억만 남기는 게 아니라 마음 자체를 바꿀까. 돌아가면 나도 내가 사는 곳에서 힘차게 살아가 자는 마음의 힘이 생겼다.

떠나기로 했던 다음 날, 오늘도 역시 배가 뜨지 못할 거라 는 소식을 들었다. 오늘은 그럼 혼자 석양을 좀 보자고 생각하고 있는데 갑자기 핸드폰으로 주민분들의 연락이 왔다. 지금 배가 뜬다고. 갈 채비를 하라고. 오늘 뱃길은 험할 테니 멀미약을 미리 먹고 나와야 한다고. 왠지 나는 뜸을 들이며 그럼 안전하게 내일 갈까 봐요, 하고 말했더니 내일은 또 아예 배가 안 뜰 수도 있다 고 했다. 아예 며칠 더 있으면 주말에 독도에 데려다준다고 했었 는데, 나는 그냥 짐을 싸기로 했다.

전날 하루 내내 배가 뜨지 않은 탓에 배표를 구하는 일도 쉽 지 않았는데 수소문 끝에 또 배표가 생겼다. 어떻게 이렇게 온 힘 으로 다들 도와주실까. 어떻게 보답하지, 하고 생각하며 배로 향 하는데 배웅까지 하는 다정한 주민분들이 인사를 하며 말했다.

"사람이 하는 일이면 어떻게든 다 돼. 다 길이 있어요. 하늘 이 하는 일이면 못 하지만. 사람이 억지로 배는 못 뜨게 해도, 배 표는 구할 수 있지."

나는 어렴풋이 이분들의 다정한 챙김에 처음 만난 나에 대한 어떤 염려와 걱정이 스며들어 있었을지 모르겠다는 생각이 들었다. 부끄럽고 고마운 일이었다. 사람이 하는 일에는 다 사람의 방법이 있어. 돌아오는 배 안에서 다섯 시간이 넘게 심한 뱃멀미에 시달리며 괴로웠지만 다시 육지에 발을 디뎠다. 다시 내가 사는 집으로 돌아갔다.

좋아하는 마음
다음에는

지하철을 타면, 주로 서서 전동차 안에 붙어 있는 노선표를 본다. 무수히 많은 역 이름을 하나하나 속으로 불러본다. 일단 불러보면 모두 사람 이름처럼 느껴진다. 줄 맞춰 나란히 앉아 있는 귀여운 사람들.

구로랑 남구로와 구디(구로디지털단지)는 형제야. 보라매는 동글동글한 여자아이지. 장승배기는 저승으로 못 들어간 귀신 이름… 그 밖에도, (인)덕원이, 서강대, 강매, (이)태원, 금호, 성수, 복정 이모. 그중에서도 가장 귀여운 것은 역시, (대)야미!

"이 역은 전동차와 승강장의 사이가 넓으니 내릴 때 조심하시기 바랍니다."

어렸을 때는 이 안내 멘트가 정말로 무서워서 가슴이 뛰었다. 밑을 보며 전동차를 빠져나올 때마다, 전동차와 승강장 사이로 발이 빠지는 상상을 했다. 그 간격을 보면 어린이의 작은 발쯤은 거기에 우습게 빠질 듯했다. 우연히 내 발이 빠진 것은 왠지 별일이 아니어서, 전동차를 금방 출발시켜버릴 것만 같은, 아무도 그런 말을 하며 겁준 적 없는데 혼자 상상하는 무서운 일들.

이제는 어딜 건너든 두려워하지 않는다. 다만 계단에서 내려올 때마다, 머뭇거릴 뿐이다. 이다음 발을 딛는 방법을 모르는 것 같다는 불안이 끼치는 날이 있다.

"이번 역은 산본, 산본역입니다. 내리실 문은 왼쪽입니다."

좋아하는 마음 다음에는 무엇이 있을까? 좋아하는 마음 바로 옆에도 좋아하는 마음이 있었으면 좋겠다.

좋아하게 된 서로는 서로에게 잘해주게 되어서 결국 다음에는 더 좋아하게 된다. 그럼 더 좋아진 마음 다음에는 무엇이 있을까. 서로의 간격이 너무 멀어져서, 찾아가기 어려우면, 그러면 그 다음에는, 무엇이 있을까.

TV 방송에는 건강한 사람들만 나온다. 나는 그 사실을 양쪽 손목을 모두 다쳐 제대로 된 일상생활이 어려워진 다음에야 비로소 알게 되었다. TV 예능 프로그램에서 산 방어를 맨 손목으로 감당하는 힘이 센 사람을 보고 나는 깜짝 놀라고 말았다.

저 사람의 손목은 정말 튼튼하구나. 저 힘을 다 감당하고도 이길 만큼.

저 일을 계속해도 손목의 건강을 유지할 수 있었던 비결은 뭘까. 나는 드라마 속에서 테이블에 팔을 괴는 배우를 보고도 부러움을 감추지 못했다. 관절이 움직일 때 오는 통증에 대한 걱정이란 없는 사람이구나. 세상에는 정말 건강한 사람들이 많구나.

양쪽 손목을 모두 다치고 보니 책장을 넘기는 일도 핸드폰을 쥐는 일도 어려웠다. 누가 집에 오면 그 사람에게 부탁해서 집 안의 뚜껑이란 뚜껑은 모두 열어놓고 싶은 심정이었다.

손목은 내가 손목 돌리기 등의 스트레칭을 하지 않으며 살아도, 거의 매번 돌려지고 있었다. 놀랄 일이 아님에도 움직임에 맞춰 손목에 통증이 느껴질 때마다 놀랐다. 어? 이 정도에도? 이렇게 조금 움직일 때도 손목 관절이 돌려져야 한단 말인가. 관절이 있는 곳은 온종일 회전을 수행하고 있었다. 그중 가장 어렵고도 피할 수 없는 일은 화장실에서 팬티를 내리는 일이었다.

다니던 정형외과의 물리치료로는 차도가 없는 것 같아서 대학병원으로 옮겨보았다. 내가 손목 보호대를 차고 있는 걸 보고 의사가 말했다.

"되도록 손목은 쓰지 말고, 되도록 잘 때 빼고는 그렇게 보호대를 차고 있는 게 좋아요. 보호대는 손가락이 한쪽으로 급하게 접히는 걸 막아줘요. 그렇게 중립을 지키고 있는 게 중요하거든요."

손가락 이야기에서 중립이라는 단어가 나와서 나는 깜짝 놀랐다. 나는 그 말을 마음에 새겼다.

몸의 중립.

어느 편에도 치우치지 아니하고 공정하게 처신함.

최대한 중립을 지켜가면 내 손목이 낫게 될까.

이례적으로 연일 이어진 한파였다. 이 낡은 아파트의 베란다에 있는 세탁기들은 왕왕 사고가 났다. 동파되어 아래층으로 물이 흐르고, 다시 아래층으로, 물난리가 연속적으로 나는 것이었다. 급기야 아파트에서는 온종일 방송을 하기에 이르렀다.

"지금 세탁기를 사용하는 세대가 있다면 제발 꺼주세요. 당분간 세탁기를 이용하시면 안 됩니다. 특히 364동과 367동은 더 조심하셔야 합니다."

열흘쯤 이어진 한파를 제치고 어제 오후에는 눈이 내렸다. 기온이 가까스로 영상 1도로 올라왔다. 오늘 기온은 영하 1도에서 0도를 오간다. 살며시 세탁기를 돌려보고 싶어진다. 베란다 창을 열고 귀를 활짝 열어 아파트 이쪽저쪽의 동태를 살폈다. 다들 오늘쯤은 세탁기를 돌리고 있지 않을까. 세탁기 움직이는 소리가 많이 들리지 않을까. 하지만 왠지 세탁기 소리는 좀처럼 잘 들리지 않았다.

몰래 나쁜 짓을 하는 것처럼 조심히 세탁기를 작동했다. 빨아야 할 양말과 수건과 속옷이 긴 줄을 서 있었다. 잠깐만 돌리는 거야 잠깐만. 최소한의 시간으로 돌리기 위해 버튼을 조작하고, 비로소 세탁기가 돌아가기 시작한다. 동파되지 않은 세탁기 안으로 물이 쏟아져 들어가고, 1분, 2분, 3분, 숨죽이며 그 앞에 서 있다. 세탁기 사용을 멈추라는 아파트의 방송도 인터폰도 울리지 않는다. 성공이구나. 엄청난 안도감과 행복감이 온몸으로 쏟아졌다.

좋아하는 마음 다음에 더 좋아하는 마음 다음에 더 멀어진 마음이 있다고 하더라도, 그다음에 다시 좋은 일이 온다. 봄이 없는 나라는 세상에 없는 것처럼. 애쓰지 않아도 당연한 듯 봄은 마

런되어 있다. 봄이 오는 것처럼 지구만큼 거대한 일이 그냥 주어
진다는 사실이 무척 다행으로 느껴진다. 빨래나 독서 같은 작은
일은 인간이 각자 알아서 하고, 큰일은 지구가 알아서 한다. 손
목의 통증은 아직 차도가 느껴지지 않지만, 세탁기 동파 사태가
지나가고 있었다. 모든 것에 다음이 온다. 나쁜 일과 더 나쁜 일
에도 그다음 일이 온다.

나리 나리 깁나리

외로움에
조금 더 가까이 있는 사람이
다정하다

그리워한다는 말은 어쩜 이렇게도 절묘할까. 그리워한다는 말의 사전적 의미는 '그를 계속 이어서 생각한다.'이다. 여기 있는 내 공간에는 없는 그와 나를 어떻게든 이으려고 한다. 그러기 위해 생각한다. 그런 아련함이 애처롭다.

마음이 심란해지면 가만히 있기가 쉽지 않다. 책도 몇 줄 읽을 수 없고 중요한 업무도 진도가 나가지 않는다. 그럴 때는 세탁과 요리가 안정제가 되어준다.

세탁기를 돌리려고 빨아야 할 옷과 이불을 모은다. 빨고 넌다. 빨래 건조대가 하나뿐이어서 이후의 세탁물은 집 안 온갖 곳에 널어야 한다. 옷걸이와 의자를 최대한 활용한다. 베란다 문을 열어 환기까지 하면 더욱 효과가 좋다. 깨끗한 세제 냄새가 온 집 안을 쾌적하게 물들인다.

날씨나 심란함 등의 이유로 상황이 여의치 않을 땐 요리를 하는데, 그중 채소 써는 일이 으뜸이다. 혼자 살면 음식을 버리게 되는 일이 많지만, 썰어 둔 채소는 샐러드, 월남쌈, 볶음밥, 각종 볶음요리, 김밥 등등으로 계속해서 활용할 수 있다.

채소를 사와 채소를 썬다. 혹은 냉장고의 채소를 발굴해 썬다. 채소를 계속 채 썬다. 당근, 양파, 양배추, 파프리카, 무 등등.

오늘의 심란함에는 우엉차가 선택되었다. 큰 냄비에 한가득 물과 우엉을 넣고 끓였다. 무언가 하고 싶어서 시작한 일이니 열심히 한다. 물을 끓이고, 우엉을 넣고, 건져내고, 식힌다. 그사이 다시 다른 냄비에 물과 우엉을 넣고 끓이고 불 앞에서 괜히 물을 저으며 우엉이 물에 우러나기를 기다린다. 미지근하게 식은 우엉차는 간이로 만든 깔때기를 이용해 빈 생수병에 담아 냉장고에 차게 보관한다. 과정을 더 늘이고 싶은 날에는 여러 작물을 혼합한다. 인삼, 대추, 버섯 같은 것들을.

복작거리는 사이 가스처럼 팽창했던 심란함이 많이 꺼져 있다. 집중력이 산만함을 조금씩 떼서 몸 밖으로 데리고 나간다. 나는 가끔 생각한다. 내가 요리형 인간이 아니라 청소형 인간이었다면 더 좋지 않았을까. 그래도 꽤 차분하고 이로운 방식으로 불안을 몰아낼 수 있다. 전이라도 부쳐서 이웃과 나누는 방식도 생각해볼 수 있지만 아직 쉽지 않다. 주요 목적은 어디까지나 내면의 심란함 몰아내기에 있다는 것을 잊으면 안 된다.

이 과정은 마치 '시간의 요리'처럼 느껴진다. 내가 부엌 안에 담겨 다른 요소들과 함께 시간으로 요리되는 것. 적절한 간에 맞추어서.

찌개를 끓일 때 두부를 넣는 것이 국물을 시원하게 해준다는 것을 혼자 살게 되면서 알았다. 그전까지는 찌개나 국에 두부를 넣는 건 오직 건더기로 먹기 위해서라고 생각했다. 하지만 국물에 들어간 두부는 맛을 시원하게 돋워준다.

국에 간을 맞출 때는 냄비에 소금이나 국간장을 수저로 톡 털어 넣는다. 냄비의 모든 부분에 일일이 양념을 나누어 뿌리지 않는다. 그렇지만 냄비가 보글보글 끓는 동안 간은 맞춰진다. 냄비의 모든 부분에 간이 스며들어 어디를 떠먹어도 맛이 공평하다. 요리되는 동안 새로운 모습의 한가지로 이루어지는 것이다.

재료는 시간과 조리를 거쳐 요리로 이어진다. 마음의 부산스러움도 시간과 그 대응을 거쳐 다른 것으로 이어진다. 나는 사람의 마음이 그렇게 만져진다는 것이 좋았다. 마음에는 근육도 있고, 마음에는 이동 경로도 있고, 마음에는 얼굴도 있다. 시간을 들여 그러한 면면을 살피는 사람이 되고 싶다. 마음속 대화를 할 수 있는 준비를 하는 사람.

사랑한다고 말하고 싶은 마음과 사랑한다고 말하는 마음의 차이를 알고 싶다. 이런 생각은 보통 답이 없고, 답이 없는 이유는 별로 쓸데가 없기 때문인데, 보통 아주 쓸데없는 말들은 대개가 외로움을 견디는 말이다. 외로움에 조금 더 가까이 있는 사람이 더 다정하다. 외로움의 정체를 아는 사람은 상대가 적어도 자신의 태도로 인해 외로워지는 것을 원하지 않기 때문이다.

들숨과 날숨의
이해

기구 필라테스를 시작했다. 퇴근 후 버스를 타고 동네에 도 착하면 보통 저녁 8시 반쯤 되었다. 그때 들을 수 있는 9시 20분 연장 수업이 일주일에 딱 두 번, 화요일과 목요일에 있었다. 그래 서 적게는 한 주에 두 번, 많게는 쉬는 날 낮 수업까지 한 주에 세 번 기구 필라테스를 하러 간다.

기구 필라테스의 장점이라면, 단연 재미있다. 평생 운동을 하지 않았던 사람으로서 당연한 일이지만 자신의 몸을 어떻게 써 야 할지 모르고, 아니 자신의 근육이 어디에 있는지조차 몰랐다. 그런 면에서 아무래도 맨손으로 하는 것보다 지루하지 않고 기구에 의지가 되어 좋았다.

리포머, 스프링월, 소도구와 바렐 체어. 이 네 가지 기구를 다루는 프로그램이 로테이션된다. 다 나름대로 재밌게 따라 할 수 있다. 아 이제 좀 재미없다, 하는 시점에서 기가 막히게 수업이 종료된다. 정확히 60분. 한 반에 정원이 여섯 명인데 여섯 명이 수업해본 적은 한 번도 없었고, 가장 많았던 게 네 명이었다. 보통은 두세 명이 함께하게 된다. 시간대별로 수업이 매번 있어서 수강생이 원활하게 분산된 것 같았다. 인원도 적으니 선생님이 한 동작 한 동작 옆에서 잘 지켜봐 준다. 지켜보며 자세도 고쳐주고, 파이팅 파이팅 파이팅, 한 번만 더요, 두 번만 더요, 활기찬 목소리로 응원도 해준다. 반짝 응원을 듣는 몇 초 동안 놀랍게도 시간을 잠시 잊게 되기 때문에, 마법처럼 그 시간을 마저 버틸 수 있었다.

이 운동은 큰 맥락에서, '숨쉬기'가 관건이었다. 들이마실 때보다 내쉴 때 더 집중력이 필요했다. 동작을 따라 하며 숨을 길게 내쉴 때, 나는 순간순간 상념에 사로잡힌다. 무엇이든 나의 밖으로 뱉는 게 더 중요한 법이구나, 역시 붙잡는 것보다 놓아버리는 게 더 어려운 일이구나. 새삼 깨닫는다. 그러니까 말 쉽게 하지 말아야지, 쉽게 단정하지 말아야지, 쉽게 돌아서지 말아야지, 그렇게 상념에 사로잡혀 있다 보면 다음 동작과 함께 들숨으로 넘어간다. 상념이 많은 사람에게 잘 맞는 운동이구나 싶었다.

몸을 할 수 있는 한 늘이고, 당기고, 정지하여 버틴다. 버틸 때는 자주 비행기를 생각한다. 내가 지금 2인용 비행기를 운전하고 있는 거라고. 아차 하면 내 뒤에 있는 사람이 위험해질지 모른다고. 편안한 비행기 운전을 자랑해야겠다는 망상에 사로잡히고는 한다. 하지만 망상일지라도 이 호흡에는 집중과 책임감이 무척 중요하다. 동작과 정신이 찰나의 피로와 고통으로 인해 쉽게 무너지지 않도록 해주는 것이다.

가끔 새벽에 전화벨이 울렸다. 보통은 받지 않았다. 그런 전화들은 대개 다음 날이 되면 어떤 변명으로 인해 잘못 발신한 전화가 되어 있었다. 잠수 이별을 안겼던 사내에게서는 그로부터 한참 시간이 흘러 문자가 도착했다.

잘 지내요?

그 메시지 바로 위로는 내가 그에게 마지막으로 보이스톡을 걸었던 기록이 함께 떴다. 3년 전 11월 24일 월요일. 나는 그와 주고받은 메시지를 지우지 않았다. 내가 그와 나눈 사랑의 기록이 언젠가 내 소설의 탁월한 재료가 되어줄 것이라 믿었다. 지금 당장은 아니지만 언젠가 쓰게 될 소설에 쓸모가 있을 거야. 사랑에 빠진 나의 비정상적인 상태의 말들이. 혹은 그의 답답한 행동과 못된 말들이 어떤 캐릭터를 만드는 데 도움이 되는 순간이 한 번쯤은 오겠지. 그러나 그 메시지창을 그 뒤로 3년 동안 단 한 번도 열어보지 않았다는 것을 그에게서 메시지가 도착했을 때 비로소 알게 되었다.

그것은, 그러니까 사랑이 떠났다는 것은, 분명했던 존재가 마음 안에서 완전히 증발하는 일이었다. 그때의 말들을 나중에 돌이켜 읽어보아도 당시의 마음을 다시 알기란 놀랍게도 매우 어려운 일이었다. 마치 시간을 초월한 남의 이야기 같다. 나의 마음은 그 사실을 이미 먼저 알고 두 번 다시 그와의 대화창을 열어보지 않았던 것이었다.

마음을 접는 일은, 이제부터 그렇게 하기로 하는 것이 아니라, 그렇게 되고 마는 자연스러운 일이라는 것을.

1. 당연히 잘 지내죠.
2. 참 무례하시네요.

나는 이 두 가지 중 하나를 답장으로 보내려다 그만두었다. 그리고 꿈을 꾸었는데, 그를 내게 소개해주었던 언니가 상기된 표

146 　　　　　　　　　　　나리 나리 김나리

정으로 나타났다.

"그때, 그 오빠 독일에서 테러범에게 총을 맞고 병원에 입원했던 거래. 죽을 뻔했었대. 그래서 연락할 수 없었대."

그는 연락이 끊겼을 때 독일에서 일하고 있었다.

"무슨 연락? 헤어지자는 연락?"

"어, 그거 말이야."

"목숨을 걸어서라도 그 말은 했었어야지. 피를 흘리면서도 그런 말은 꼭 했어야지. 헤어지자고. 사랑하지 않게 되었다고. 이건 내가 지금 우연히 죽는 일과 상관없이 벌어진 일이라고."

나는 그렇게 이상한 말들을 했다. 언니는 내게 사진으로 총알이 뚫고 지나가며 새빨간 핏자국을 남긴 그 사람의 새하얀 셔츠를 보여주었다.

"이거 봐. 정말이야. 어쩔 수 없었대. 나도 너한테 한 일을 알고 너무 화가 났었는데. 이런 사정이 있었을 줄은."

그 말까지 듣고 나는 잠에서 깨어났다. 잠에서 깨자마자, 놀라운 비밀이 풀린 듯 마음이 개운해진 걸 느꼈다. 다들 왜 그렇게 쉽게 다시 연락할까, 하는 마음은 들지 않았다. 몸살 기운으로 밤새 아프던 몸도 꿈을 꾸는 사이 기운을 차린 것 같았다.

아파서, 병을 이겨내려고 그런 꿈을 꾼 거겠지. 아프면 고군분투로 쫓기며 땀을 뻘뻘 흘리는 꿈을 꾸고는 했다. 온몸이 쏟아질 듯 피가 철철 흐르거나 모르는 이와 야하게 섹스하는 꿈. 그것은 내가 자력으로 병을 이겨내며 열심히 살아가고 있다는 하나의 사례라고 생각한다.

마음 아팠던 사건에 대한 고통이 영영 사라지는 것은, 몸에서 감당할 수 있는 것 이상으로 통증이 넘쳐나야만 가능하다고 생각했다. 넘쳐버린 만큼씩만, 조금씩 나아지는 거라고. 차오르고 남은 나머지들은 다시 몸 안에 저장되어 있다. 그리고 어느 날 다시 넘치고, 그만큼 또 몸 밖으로 흘러나간다. 그러다 어느 순간에는 다 빠져나가고 없어진다. 믿을 수 없는 고통도, 믿을 수 없지만 언젠가 다 빠져나간다. 들숨과 날숨이다.

실연의 덤불을 헤쳐 나온 사람이 살아가는 방법.

우리 같은
사람들 말이에요

택시를 탔다.

'복지사역국'

택시는 복지사역국이라고 유리창에 큼지막하게 글자를 내건 건물 옆을 지났다. 나와 택시 기사님 모두 그 건물이 잠시 우리 곁을 스쳐 지나가는 것을 바라봤다. 그러나 택시 기사님은 아마도 글자를 조금 다르게 읽으신 듯했다.

'복지사 역국'

그러나 이것도 확신할 수 없었다. 이야기를 듣다 보니 아마도 '복지 역병국' 정도로 글자를 완전히 다르게 읽으신 것 같았다.

기사님은 단 몇 초 만에 모든 판단을 끝내고, 곧장 분노에 차서 이야기를 시작했다.

"복지라니. 복지인데 역병이나 하고 앉아 있다니 말이야. 사람을 귀하게 하는 교회라고? 역병이나 해대면서 말이야."

교회는 정부를 이야기하는 은유일까? 설마, 아니겠지. 전염병이 해마다 말썽이긴 하다. 기사님이 무턱대고 시작한 말을 알아들을 수 없어서 나는 아무런 대답도 할 수 없었고, 가까스로 어떤 감정 상태까지만 이해되었다.

그는 이렇게 말했다.

"아가씨. 택시 말이에요. 60대 기사를 회사에서 쓰지 않아요. 50대까지만 쓴단 말이에요. 아무리 오래 일했어도 다 소용없는 거야. 있잖아요. 사람이 힘이 없어요. 금방 죽어요. 내가 좀 힘든 거 같다, 그래도 3만 원 더 내려면 3시간 더 해야 하고, 중간에 가스도 넣어야 하고, 가스도 내가 넣는 거야. 근데 남겨야 하니까 앞으로 3시간보다 더 해야 하고, 그러다 머리가 아픈 거예요. 머리가 아프면, 너무 늦은 거야. 얼마 전에도 사람이 두 명 죽었어. 택시 운전하다가 갑자기 쉬고 싶어서 차를 세우고 쉬었다는 거야. 근데 머리가 아파서 차 안에서 조금 쉬어야지, 이렇게 되면 다 끝난 거거든. 하여튼 돈 더 벌려고 하면 금방들 죽어. 우리 이렇게 열심히 했다고 하지만 회사에 입금하면 끝이야. 그냥 그

거 입금하려고 일했다고 생각해야지. 그전에는 오래 하면 개인택시도 줬는데 이제 안 줘. 택시가 너무 많아요. 근데 서울에는 또 고급 택시가 생긴다면서요. 그게 막 택시라고 붙이고 다니지도 않고, 기본요금도 없고 그런 거라며. 얼마에 가자, 그럼 가는 거고. 그게 다 술집이랑 해서 하는 불법이었는데. 이거를 나라에서 합법적으로 하라고 해준 거예요. 서울에서 하면 다른 데도 다 한단 말이지. 그게 그렇게 하면 안 되는 건데. 누가 힘써서, 그런 것 좀 하겠다고 해서 그렇게 그냥 해준 거 같아. 사람이 죽으면, 10년 전에는 5천만 원 줬는데, 그것도 안 줬다고 하고 몰래 줬다고. 그래도 다 건너서 아는 사람들인데, 다 알게 되지. 근데 그게 우리가 안다고 해봐야 아무 소용없거든. 우리는, 우리 택시 기사들 말이야. 일하다가 죽었다고밖에 말할 수가 없잖아. 글쎄… 지금은 1억 주려나. 모르지. 안 줄 수도 있지… 근데 그 죽은 이는 말이야. 혼자 살았대. 우리가 하루에 많이 먹으면 두 끼 먹거든. 근데 그 사람 와이프는 대구에서 또 돈을 벌고 있대요. 이렇게 되면 서로 챙겨줄 수가 없는 거야. 그래서 뭐해. 그냥 한 끼 대충 먹고, 그것도 뭐 제대로 먹나. 그냥 아무렇게나 먹고. 돈 더 벌자고 조금 더 조금 더 조금 더 일하고 그랬던 거지. 회사에서도 말이야, 우리가 나이 들면 뭔가 더 오래 일할 수밖에 없도록 자꾸 규칙을 만들고 그러거든. 그 사람이 일을 참 열심히 했는데. 머리가 아프

면 다 끝난 거야. 사람이 금방 죽어요. 아가씨, 돈 많이 벌고 싶
어요?"

인생 구간
입장료

　지하철역으로 올라서면 씁쓸하면서도 풋풋한 더덕 향이 물씬 풍겨올 때가 많다. 할머니들이 바구니나 종이박스를 놓고 앉아 더덕을 손질하는 것이다.

　경비 일이나 공공근로를 할 수 있는 것도 고령의 남성이 대부분이다. 남성은 나이를 많이 먹고도, 여성보다 근력이 좋은 것일까? 길에서 복숭아, 체리, 시금치, 가지, 고추, 깨나 땅콩 같은 물건을 펼쳐놓고 파는 것은 대부분 고령의 여성이다. 남성은 고령이 되기 전 연령대로, 그냥 다 같은 바닥의 노점 같아도 보기에 조금 더 그럴듯한 가게를 길 위에 차려놓는다. 벨트나 가방, 도마,

양말과 스타킹 등 공산품을 떼다 파는 것을 자주 보았다.

이 사업 시장에는 중년의 여성들도 자주 보인다. 복대를 차고, 주로 선캡을 쓴다. 바닥에 앉아서 채소와 곡물을 파는 할머니들보다 판매에 성공하려는 에너지가 느껴진다. 그들은 서서 물건을 판다. 할머니들은 내내 앉아서 판다. 힘이 없기 때문이다. 손님을 기다리는 일, 지나가는 사람들의 시선을 받는 일, 물건을 파는 일, 시간을 흘려보내는 일. 모든 것이 다 힘이 많이 드는 일이었다.

전혀 다른 경우로, 물건도 없이 본격적인 구걸의 하나로 지하철역의 안팎에서 바구니만 하나 놓고 그 옆에 웅크려 잠들어 있는 것은 대부분 마른 체격의 남성이다. 여성이 구걸하는 모습을 발견하는 일은 흔치 않다.

그들의 앞에 종이박스 말고 플라스틱 바구니가 있을 때는 자꾸만 상상하게 된다. 오늘부터 구걸해야지, 하고 바구니를 샀을까? 이제 할 수 있는 것은 구걸밖에 없다, 하며 바구니의 색깔을 골랐을까? 천 원 즈음하는 바구닛값을 낼 때, 삶이 급회전하는 구간에서, 용기와 담대함이 필요하지는 않았을까? 아니 그건 좀 어색하지, 아파트 단지마다 플라스틱 재활용품을 버리는 곳이 있는데. 그렇다면 그것을 주워올 때, 이 바구니를 구걸할 때 써야겠다, 그런 마음을 먹었을까? 각자의 사정에 따라 달라지는 '살기 어려운 마음'에 대해 가늠하는 것은 생각을 거듭할수록 불가능하다. 이것은 전략 게임이 아니다. 피치 못할 생존 방식이다.

지하철을 타려고 개찰구를 지나가다가, 한 발 한 발 떼는 것도 벅차 보이는 할머니 옆을 지나쳤다. 갑자기 벌컥 걱정의 문이 열리듯이 이런 생각이 들었다.

나는 앞으로 얼마나 더 살아남을 수 있을까.

5년 뒤, 10년 뒤에는 무슨 일로 돈을 벌 수 있을까.

아무 자신이 없어졌다. 전동차를 타러 가는 중간의 계단이 높았는데 허리가 다 굽은 아까 그 할머니가 엄청나게 큰 검정 비닐봉지를 들고 힘겹게 계단을 오르고 있었다. 갑자기 할머니의 검정 비닐봉지가 눈앞으로 성큼성큼 다가오는 것처럼 크게 느껴졌다. 가냘픈 할머니. 허리가 굽은 할머니. 할머니에게 너무나 무거운 짐 같았다.

"할머니, 계단 위까지 이거 제가 들어드릴게요."

"아녀, 괜찮어."

"저도 괜찮아요."

"안 무거. 됐어, 아 됐어!"

정말 계속 사양하셨는데 할머니 몸에 비해 봉지가 너무 컸다. 그냥 제가 들게요, 하고 받았는데 엄청 커다란 검정 비닐봉지

안에 든 가벼운 바구니들. 순간 할머니와 나의 눈이 허공에서 맞닿았다. 우리는 잠시 서로 멋쩍었다. 나는 대체 무얼 도와드리겠다고 천하장사인 양 잘난 척을 하며 거절하는 할머니의 짐을 빼앗은 걸까. 할머니를 계단 위까지 업을 수 있는 것도 아니면서 나는 왜 그 짐이 할머니에게는 무겁고, 내게는 가벼운 것일 거라고 속단했을까.

무모한 참견, 무능력한 무례. 호의인 줄 찰떡같이 믿었던 일이 부끄럽다.

그런 일이 얼마나 많았을까. "그냥 제가 들게요." 했을 때 이 말에 감춰졌던 안하무인에 몸서리쳐진다.

조용한 사람이 되고 싶다. 인기척이 느껴지지 않는 사람이 되고 싶다. 하도 투명해서, 상처받을 수 없는 사람이 되고 싶다. 아무도 도와줄 수 없는 사람이 되고 싶다. 누구의 도움도 필요 없는 사람이 되고 싶다. 벽지나 창틀, 전구 알 같은 것. 거기 있기 시작하면서부터 줄곧 사람들의 눈에서 사라지는 것이 되고 싶었다.

그렇지만 가장 불행한 것은, 그러한 상태가 죽음을 더 빨리 불러주지는 않는다는 것이라고 말하는 것은 너무 뻔한 결론일까. 예를 들면 이사 온 집의 옆집 아저씨는 이사 온 다음 날부터 내내 불길하다. 내가 엘리베이터에 타는 것을 현관문을 조금 열어 빤히 보던 얼굴이 계속 생각난다. 나는 그가 우리 집 현관 앞을 지나가거나 자신의 집 안에서 두런두런 무언가 이야기하기만 해도 불길하다고 예감하며 귀를 기울인다. 이렇게 불길한 이웃과도 어쩔 수 없이 같이 살아가는 것이다.

불길한 남자는 처음에는 그 집의 남편인 줄 알았다. 남편인 남자가 출근하는 옆집 여자를 빤히 바라보고 서 있는 일은 불길했다. 그는 동생과 내가 이사한 다음 날, 아침 일찍 출근하는 동생이 긴 복도를 걸어 엘리베이터를 기다리고, 엘리베이터에 타고, 내려갈 때까지 작게 연 현관문 틈 사이로 한참을 바라보았다.

그러나 그는 그 집의 남편이 아니라 아들이었다. 노모와 둘이 사는 중년의 남자가 출근하는 옆집 여자를 빤히 바라보고, 남의 집 택배를 잘못 가져가고는 모른 체한다. 하루는 경비실에 맡겨두었다는 택배가 간데없이 사라져 기사님과 서로 애가 타다가, 혹시나 하고 옆집에 가보니 떡하니 그 집에서 사라진 택배가 나왔다.

"우리 건 줄 알았지."

별다르게 놀라지도 않는다. 그런 일들은 그의 옆집에 사는 일을 더욱더 불길하게 만들었다. 불길한 사람은 계속 불길하다. 나는 아마 그가 바지를 벗고 복도에 서 있다면, 그때는 더는 불안해하지 않을 것이다. 그가 그런 사람일 거라고 짐작해버렸기 때문이겠지. 그러나 불길한 것은, 그런 일이 벌어지지 않고, 벌어질 것만 같은 상태로 계속 유지되는 것이다.

작은 방 창문을 열어두면 옆집 남자가 우리 집을 지나 자신의 집으로 들어가고 나가는 것이 보인다. 분명 그의 동태를 훔쳐보고 있는 것은 나인데, 나는 계속해서 그에게 불길함을 느낀다. 그가 분명히 잘못되었다고 생각한다.

살아간다는 것은 한 가지의 해결과 한 가지만의 불안만 딛고 앞으로 나아가는 것은 아니다. 나는 어떻게 평생을 먹고 살아가야 할까. 지하철 요금을 내고 전동차에 오르는 것처럼 무언가 분명 이생에 구간마다 값을 내고 있는 것 같았다. 불안도 비싸게, 불행도 값비싸게.

나리 나리 김나리

고마움의
액수

　돈 때문에 주눅 드는 일이야 세상에 널렸겠지만, 내게는 돈에 관한 도저히 잊히지 않는 장면이 있다. 때는 바야흐로 국민학교가 초등학교로 간판을 바꾼 1996년의 어느 날이었다. 당시 학교 안에는 특수반이라는 이름으로 정신발달지체 아이들을 한데 모아둔 반이 있었다. 따로 놀이 수업을 했는데, 대부분의 교과 과정은 일반 학급에서 같이하고 일부 수업 시간에만 특수반에 가서 수업을 받았다. 특수반에서는 보통 블록 쌓기 놀이 같은 것을 하는 것 같았다. 그때 나는 특수반 남자아이 문수와 2년 연속 같은 반이 되었다.

담임 선생님들은 으레 특수반 아이와 여학생 한 명을 짝지어 주고 그 학생에게 발달장애 아이를 옆에서 보살피는 역할을 맡기고는 했다. 작년에 내가 그 아이의 옆자리를 맡았다는 이유로 다음 해에도 연달아 그렇게 되었다. 거부하면 나쁜 아이가 되는 것 같아서 나는 별다른 표현도 없이 그 역할을 계속 맡았다.

'그 역할'이란 이런 것이었다. 수업 시간에 문수가 갑자기 교실 밖으로 뛰어나가면 문수를 따라 뛰어나가 그 아이를 다시 교실로 데려오는 것, 밥 먹을 때 옆에서 챙겨주는 것, 혹시 어떤 실수를 하면 뒤처리를 해주는 것 같은 일들. 지금 생각하면 열 살 초반의 아이에게 마음 놓고 맡길 일이 아닌 것 같지만, 당시에는 그래야 하는 일인 줄 알고 군말 없이 선생님 말씀을 따랐다.

문수는 자주 토했고, 뜬금없는 말을 반복해서 외치고는 했다. 가장 곤혹스러웠던 것은 수업 시간에 갑자기 뛰쳐나가는 문수를 말리는 일이었다. 문수는 복도와 운동장을 탱탱볼처럼 뛰어다녔다.

문수와 2년째 짝꿍이 되었을 때 달라진 점은 우리 반에 특수반 아이가 한 명 더 있었다는 것이다. 한희였다. 선생님은 그 아이 옆에도 나와 같은 역할을 하는 아이를 한 명 붙여주었다. 역시 여자아이였다. 우리는 노트 필기를 하다가도 각자의 짝꿍을 잡으러 밖으로 뛰어가야 했다. 그래도 나는 문수에게 잘해주려고

했다. 문수가 도시락 반찬으로 김을 가져오면 밥에 김을 싸서 놓
아주기도 하고, 뛰쳐나가려고 할 때 손을 꼭 잡고 그러지 말라고
좋은 말로 달래기도 했다. 가위바위보를 하고 같이 놀기도 하고,
어쨌든 나는 문수가 아기 같다고 생각했다. 문수가 오줌을 싸지
만 않으면, 그런대로 괜찮다고 생각했다. 친구를 보살피는 일이
착한 일이라고 생각했기 때문이었다.

아무튼 그러던 어느 날, 나는 보지 않았으면 좋았을 장면을
보고 말았다. 한희의 할머니가 그 아이의 하교를 돕기 위해 교실
까지 찾아왔던 것이다. 보통은 정문 앞에서 아이를 기다렸는데,
그날은 웬일인지 교실로 찾아와 책가방과 실내화 가방을 챙기며
교실을 나서는 아이들 틈에서 웃으며 말씀하셨다.

"우리 한희를 평소에 잘 챙겨주는 친구가 누구지?"

아이들은 하나둘 교실을 빠져나가고, 뒤늦게 교실에 들어
온 한희의 짝꿍 아이가 쭈뼛대며 말했다.

"전데요?"

"할머니가 너무 고마워서 인사하러 왔어."

할머니는 그 여자아이에게 만 원짜리 지폐 한 장을 꺼내주
었다.

"맛있는 거 사 먹으렴. 한희 잘 보살펴주면 할머니가 용돈
또 줄게."

한 달 용돈도 만 원을 못 받던 때였다. 교실에 남아 있던 아이들은 돈을 받은 아이까지 포함해서 모두 놀라고 말았다. 일주일 뒤 할머니는 다시 교실까지 찾아왔다. 여자아이에게 또 용돈을 주었다.

나는 갑자기 문수가 미웠다.

내 말도 안 듣고, 맨날 토하고, 가끔 오줌도 싸는 문수. 문수 엄마는 왜 내게 용돈을 주지 않는 걸까. 나는 왜 저 한희의 짝꿍이 아니고 문수 짝꿍이 된 걸까. 문수가 또 교실을 뛰쳐나갔을 때, 나는 문수를 데리고 교실로 들어오는 길에, 문수의 허리를 꼬집었다.

"너 미워."

그렇게 분명히 말하면서. 문수가 탱탱볼처럼 튀어 오르며 외쳤다.

"아! 아파요!"

할머니가 여자아이를 교실까지 찾아온 날은 용돈을 주시는 날이라는 소문이 금방 퍼졌다. 하루는 한희 할머니가 교실에 들어서자 다른 아이들이 할머니 주변으로 동그랗게 모여 아우성쳤다.

"할머니 저도 저번에 한희 화장실 갈 때 도와줬어요."

"어, 그래? 그럼 너도 용돈 줄게."

할머니는 정말 그 애에게도 용돈을 주었다. 그러자 아이들은 더 시끄러워졌다.

"할머니 저도요. 저도 저번에 한희랑 놀아줬어요."

"저도 체육 시간에 챙겨줬어요."

할머니가 한희를 데리고 복도를 지나쳐 현관을 나설 때까지도 아이들 무리는 그대로 같이 이동했다. 장관이었다. 더 놀라운 건 할머니가 그 모든 아이에게 다 천 원씩 용돈을 계속 나누어 주는 모습이었다. 어떻게 저렇게 뻔뻔할 수 있는지 나는 깜짝 놀라고 말았다. 그때도 나는 문수와 같이 걸으며 정문 앞에 서 있을 문수 어머니에게로 가고 있었다. 그때 한희의 할머니가 나를 불렀다. 만 원짜리 한 장을 내밀었다.

"친구를 잘 보살펴줘서 할머니가 주는 거야."

아이들 입에서 우와, 하는 탄성이 터져 나왔다. 다들 천 원짜리 지폐 한 장씩을 들고 선 채였다. 나는 잠시 망설이다가 그 돈을 받았다.

"고맙습니다."

그리고 문수를 봤다. 문수는 평소처럼 비스듬히 고개를 기울이고 위쪽을 보고 있었다. 나는 괜히 문수의 손을 꽉 잡았다. 문수를 더 잘 챙기는 것처럼 다른 손으로 문수의 허리도 받쳐주었다. 그런 채로 정문 앞에서 문수와 헤어지고 집으로 달려왔다. 너무 좋았지만, 동생과 떡꼬치를 두 개씩 사 먹는 사치를 부리고 나니 딱히 더 돈을 쓰고 싶은 데는 없었다. 나는 왠지 그 돈을 엄마에게 들키면 안 될 것 같아서 방에 잘 숨겨두었다. 오백 원짜리를 학교에 가져가 다음 날 문수 주머니에 넣어주었다. 문수는 내가 돈을 넣는지 신경도 안 썼다.

"문수야 이걸로 너 과자 사 먹어."

문수는 다른 곳만 보고 있었다. 다음 날 나는 문수 주머니에 천 원짜리 한 장을 넣어주었다. 문수가 돈을 빼서 바닥에 떨어트렸다.

"아니야!"

"문수야 이걸로 과자 사서 먹어."

문수는 다시 돈을 빼서 바닥에 흘렸다. 평소처럼 비스듬히 고개를 빼 옆을 보고 있었다. 나는 다른 곳만 보는 문수의 옆모습을 보는데 갑자기 가슴이 뛰고 울음이 터졌다. 문수가 내가 꼬집은 거 다 기억하면 어떡하지. 두렵고 미안했다.

"문수야 내가 꼬집은 거 미안해."

나는 속삭이듯 문수에게 아주 작은 소리로 말했다.

"미안합니다!"

문수가 내 말을 따라 외쳤다. 나는 미안해서 머리가 터질 것 같았다.

나리 나리 김나리

그 뒤로 아무리 내가 문수에게 잘한다고 해도 우리 둘 다 절대 내가 문수를 꼬집었던 일을 잊을 수 없었다.

2년 동안 문수에게 제일 도움이 된 사람이 나일 텐데, 나는 문수만 생각하면 얼굴이 화끈 달아오른다. 할머니가 아이들에게 돈을 뿌리던 장면부터 내가 문수를 꼬집고 문수에게 푼돈을 쥐여주던 장면까지 모두 다 남김없이 수치스럽다. 고마움에 값을 매기는 것. 그 값을 치르는 방식의 조심스러움까지. 부끄러움 없이 깨달을 수 있었다면 좋았을 텐데. 아직도 아프다고 외친 문수의 목소리가 생각난다. 너무 비싼 잘못이다.

내가 나를
미워하는 날

무기력해질 때면 보통 자신감도 없어진다. 사람들이 모두 나를 싫어하는 것처럼 느껴지고 내게 차갑게 대한다는 생각이 든다. 앞날을 잘 헤쳐나갈 수 없을 것 같다. 내 인생은 이미 틀렸다는 생각이 들어 두려워진다. 나조차 나 자신을 신뢰할 수 없으니 아무것도 할 수 없게 된다. 일기만 써도 부끄럽다.

하루는 나를 상담해주는 의사 선생님이 이런 말을 해주었다.

그건 타인이 아니라 나 자신이라는 말이었다. 내 안에는 여러 모습의 내가 있고, 그 각각이 서로 다른 역할을 하고 있다. 나를 혼내는 나, 나를 좋아하는 나, 나를 안아주는 나, 나를 미워하는 나. 기타 등등의 '나'들. 이들이 서로 조화를 이루면서 내가 삶을 균형 있게 살아가도록 해준다는 말이었다. 그런데 내가 사람들이 나를 싫어하는 것처럼 느끼고 위축될 때는 나를 싫어하는 내가 커진 거라고 했다. 그래서 비정상적으로 아주아주 많이 커진 나를 미워하는 내가 급기야 몸 밖으로 튀어나와서 내 옆에 따라다니는 것이다.

지하철 맞은편에도 앉아 나를 보고, 걷고 있을 때도 함께 주변을 서성인단다.

의사 선생님이 제안한 대안은 이렇게 생각해보는 것이었다.

"아. 쟤가 또 커져서 저기 있네."

무심하고 시큰둥할수록 좋다고 했다. 그게 대체 말이 되는 건가, 싶을 수 있지만 연습하면 분명한 도움이 된다. 어제도 괴로움 속에 숨죽여 있을 때 가까스로 이 말을 떠올렸다.

'나를 욕하고 싶어 하는 내가 또 밖으로 튀어나와 버렸네. 쟤는 나지. 내 눈에만 보이지.'

나를 지킬 힘이 난다. 누군가 지금 내가 너무 미워서 견딜 수 없는 날이라면 나는 이 방법을 알려주고 싶다.

계속 이렇게
살 수는 없다는
생각이 들 때

열 살쯤 학교 방학 숙제로 관찰 일기를 한 적이 있었는데, 나는 무엇을 관찰할까 생각하다가 집에 있던 양파를 페트병에 담아 지켜보기로 했다. 양파에 싹이 돋아나는 과정을 방학 동안 기록하는 것인데, 어쩐지 양파는 싹을 틔울 기미를 보이지 않았다. 처음에는 크게 이상하다고 생각하지 못하고 매일매일 양파를 그리고 기록했다. 오늘은 오른쪽으로 조금 기운 것 같다든지, 색이 조금 변한 것 같다든지 하는 아주 주관적이고 미세한 관찰이었다. 방학이 끝나갈 무렵에야 알게 되었다. 양파는 안이 다 썩어 있었다. 나는 방학 숙제를 망쳐 펑펑 울기보다 무척 당황하고 창피했다. 죽어가고 있는 양파를 기록한 일이 어째서 창피했을까. 나는 아무에게도 말하지 못하고 얼른 양파를 감췄다.

청소년 아이들과 일주일에 한 번 글쓰기 수업을 하게 되었다. 여담을 잘 못 하는 편이라서 3시간의 수업 시간이 꽤 힘에 부친다. 하지만 교육청에서 지원을 받는 수업이라 줌으로 화상 수업을 하며 로그아웃 시간을 잘 지켜야 했다. 하루는 딱 3분이 남아 있었다. 가뜩이나 잘하지 못하는 여분의 말을 화상으로 하기란 더 어려운 일이었다. 어떡하지, 멀뚱히 나를 보고 있는 아이들의 표정을 보며 나는 입을 뗐다.

"개근상을 만들어볼까 봐요. 화면을 켜고 수업에 참여하는 분들에게만 개근상을 드릴게요. 제가 추천하는 책을 보내드리겠습니다."

아이들은 신나게 손뼉을 치고, 그렇게 겨우 3분을 채운 다음 수업이 종료되었다. 3분이 이렇게 긴 시간이었구나. 나는 3분의 무게를 배우느라 비싼 값을 치른다.

이따금 내가 썩은 양파 같은 삶을 기록하는 사람처럼 느껴진다. 그럴 때는 몹시 괴로운 마음이 드는데, 나이를 먹은 것에 비해 이렇다 할 성취가 없고, 해야 할 일들조차 제대로 수행하고 있지 못하고, 가족의 짐이 되는 것 같은 그런 모멸감을 느낀다.

이런 식으로는 계속 살 수 없다고 생각한다. 이미 틀려버린 삶을 그만두고 싶은 마음이 턱 끝까지 치밀어 오를 때면, 핸드폰 디데이앱으로 날짜를 설정한다. 보통 200일 정도로 해둔다. 앞으로의 200일. 딱 200일만 살아볼까, 하고 생각하는 것이다. 그러고 아침에 일어나 핸드폰 알림창이 D-143 같은 식으로 디데이를 알려주면, 거짓말처럼 마음이 차분해진다. 기분이 조금 나아지는 것도 같았다. 실제로 내가 정해둔 날짜에 죽은 적은 없지만, 이 기능을 실행시킬 때는 꽤 진심인데, 좋은 점이 있다면 삶을 좀 더 직관적이면서도 거시적으로 바라보게 된다는 것이다.

내게 지금 143일밖에 살아갈 날이 남지 않았다고 생각하면, 내가 지금 얽매이고 있는 것들, 골몰하는 문제들, 싫은 사람들, 피하고 싶은 상황을 냉정하게 판단하게 된다. 정말 중요한 것들을 건져 올릴 수 있다. 포기해도 되는 것들에 미련이 남지 않게 된다. 그런 선택과 포기의 나열로 삶은 불현듯 가뿐해지고, 나는 디데이를 잠시 꺼둔다. 그러고 다시 언젠가, 이렇게는 살 수 없겠는데, 하는 날에, 또 디데이를 설정한다.

지난밤 꿈에는 학생이 되어 2박 3일 일정의 수련회를 갔다. 나는 그 수련회에 참가하는 게 무척 내키지 않았는데, 거의 끌려가듯 가서 체육관 바닥에 앉게 되었다. 그러고 사방이 조용해졌을 무렵 앞에 교관이 나와 부드러운 목소리로 말했다.

"이번 수련회에서는 지금까지의 인생 중 가장 힘든 일을 겪은 사람에게 절망을 지나온 대가로 대상을 주기로 했습니다."

놀랍게도 칠판에는 내가 그동안 겪어온 잡다한 일들이 적혀 있었다. 나는 칠판의 글자들을 읽으며 어, 나네, 저것도 나네, 하고 선물을 받을 생각에 기대가 부풀기 시작했다. 선물은 2박 3일의 일정이 모두 종료된 이후에 준다고 했는데, 나는 단체 일정을 도저히 소화할 수가 없었다. 30분이 남았을 때 나는 참지 못하고 교관 부장이라는 사람에게 다가가 말했다.

"아파요. 머리도 아프고 열도 나요. 속도 쓰리고. 퇴소해야겠어요."

"많이 아파요? 30분밖에 안 남았는데."

"안 되겠어요. 당장 병원에 가야겠어요."

"가만히만 있어도 끝나요. 벌써 3분 지났어."

나는 27분을 버티지 못하고 잠에서 깨어났는데, 이상하게 바로 자리에서 일어날 수 없었다. 가만히 있어도 시간은 흐른다. 그게 정말 위로가 될까. 이따금 무의식이 내게 꿈으로 대답을 하려는 조짐을 느낀다. 내가 내게 해주는 대답인데, 평소 내가 생각하지 못했던 말들이라 늘 의아하다. 27분밖에 남지 않은 삶을 143일 정도의 무게로 여기는 것은 아닐까.

제대로 살아가고 있다는 것은 내가 살아 있다는 것을 의식하지 않고 살아가는 것일 텐데, 자꾸만 썩은 양파를 살펴보는 것은 왜일까. 그런 것에는 아무 의미가 없다.

수영장
락스 냄새

불현듯 코끝을 스치고 지나가는 냄새가 있어서, 뭐지, 나는 이 냄새를 아는데 뭐지, 뭘까, 기억이 날 거 같아, 싶었는데 그것은 수영부 훈련이 끝나고 이동하는 차 안에서 먹던 소라빵의 냄새. 소라빵 안에는 초콜릿 크림이 뭉텅 들어 있었다.

나는 초등학교 수영부 2진이었다. 보통 1학년부터 시작하는데 나는 3학년에 시작하여 더뎠다. 심지어 나는 물을 무서워하여 다이빙하기 직전까지 바들바들 떨며 엉엉 울기 일쑤였다. 그러면 코치 선생님은, 뒤에 있는 애한테 내 등을 밀라고 시켰다. 그 애가 손바닥으로 툭, 내 등을 치면, 그때야 나는 물 안으로 뛰어들어 헤엄쳤다. 막상 들어가면 속도가 빠른 편이었는데, 그것은 수영장 바닥에 연기처럼 보이는 귀신이 지나가는 것만 같아서, 어떻게든 빨리 턴을 돌고 싶었던 거였다. 몸에는 물과 부딪치며 생긴 멍 자국들이 많았다.

집에 오면 늘 깊은 잠에 빠졌고, 만화영화 〈피구왕 통키〉를 보며 잠들었다. 그땐 그 이야기가 왜 그렇게 슬펐을까. 벽에다 불꽃 슛을 쏘며 혼자서 가상의 지옥 훈련도 많이 했다. 가끔은 동생과 둘이서 소파 위를 밟고 다니면서. 이건 성공하기 힘든 슛이야, 하는 대사를 하면서.

같은 2진에 강이라는 여자애는 나보다 한 살 어렸는데, 나를 언니라고 불렀다. 왜냐하면, 내가 언니니까. 그런데 하루는 1진에 있는 5, 6학년 언니들이, 강에게 나를 선배라고 부를 것을 명령했다. 그러나 언니가 입에 이미 붙어버린 강에게는 그게 하루아침에 바꾸기 어려운 일이었다. 나도 크게 신경 쓰지 않았다. 그랬더니 1진 선배들은 훈련이 끝난 우리를 집으로 싣고 가는 봉고차에 타기 전에 다시 우리 둘을 따로 불러서 말했다.

"너, 앞으로 얘가 너한테 언니라고 부르면 오리발로 얘 때려."

나는 우물쭈물 대답하지 못했다. 다행히 내가 대답을 안 하는 것에 대해서는 크게 노여워하지 않았다. 그리고 몇 번 강이 나

나리 나리 김나리

를 언니라 부르는 걸 목격한 1진의 언니들이, 내게 빨리 얘를 오리발로 때리라고 시켰다. 나는 내 머리카락 전부를 양손으로 쥐어뜯으며 사람들이 놀랄 정도로 엉엉 울었다.

"이런 거 싫다고!"

강과 매우 친하다거나, 위계질서에 반항한다거나 하는 것이 아니었다. 나는 누가 내게 뭘 시키는 것과 누군가를 어른이 매를 들듯 때리는 것이 모두 견딜 수 없었다. 숙제를 안 해서 선생님께 맞으면, 맞아서 숙제를 해왔다고 생각할까 봐 그다음 날에도 그 숙제는 하지 못했다. 그리고 또 맞고, 맞고, 맞고.

오리발 폭행 거부 사건이 벌어졌을 때, 놀란 그들은 한발 물러서며 그럼 이렇게 하자고 했다. 연습 끝나고 잠깐 남아서 강과 둘이 시합을 하자고.

"네가 이기면 선배, 강이 이기면 언니라고 부르기로 하는 거야. 어때?"

나는 언니라고 불러도 정말 상관없었지만 정말로 속도가 빠른 편이었다. 나는 배영으로도 제법 좋은 속도를 낼 수 있었다. 그리고 왠지 지고 싶지는 않았기 때문에 그 시합에서 이겼다. 강은 이후 굳이 내 이름을 부르지는 않았던 거 같다. 그리고 나도 왠지, '선배'라니, 열 살 소녀가 감당하기에는 어색하고 소름 돋는 호칭이었다. 하지만 다른 아이들은 제법 호칭을 잘 따랐다.

강과 비공식 시합을 한 날 집으로 가는 차 안에서, 1진에 있는 나와 동갑인 B가 모두가 하나씩 나눠 먹고 남은 소라빵을 내게 던져주었다.

"쟤 아까 진짜 빨랐죠, 다음 달에 1진 올라올 수 있을 것 같아. 그쵸, 언니."

B는 쾌활한 성격으로 사랑받는 1진의 막내였는데, 그 애는 정말 하얗고 예뻤다. 그 시합 이후로 늘 내게 남은 우유나 소라빵을 꼭 주려고 했다. 나는 웬일인지 그런 것들을 받을 때마다 고맙습니다, 따위로 선배에게 쓰는 말을 했고, B는 귓속말로 존댓말은 안 해도 된다고 속삭였다. 환하게 웃으며.

어느 여름, 나는 중이염에 걸렸고, 1, 2주 뒤에는 무리 없이 수영장에 갈 수 있었지만 돌아가지 않았다. 쉬는 시간이면 그 1진 언니들이 나를 찾아왔다. 그만두면 안 된다고 말하기 위하여. 그렇지만 나는 또 별 대답을 못 했다. 이제 하기 싫어졌으니까.

선배들이 찾아오던 그날의 유난히 어두운 회색 복도, 걸레로 창틀을 닦던 내가, 찾아온 1진 선배 앞에서 계속 걸레질을 하며 아니요, 아니요, 아니에요, 조그맣지만 분명하게 말했던 것. 그때의 그 걸레 냄새. 대충 빨아서 손끝이 비눗물로 미끄덩하던 것. 그리고 벽에 길게 붙박인 나무 신발장. 실내화의 더러운 냄새들. 그런 것들이 모조리 기억난다.

방금 맡은 냄새는 단지 주방에서 청소하느라 듬뿍 풍겨온 락스 냄새에 불과했지만 수영을 마치고 차 안에서 먹던 소라빵 같은 것이, 왠지 모두 기억난 것이다. 나는 내가 무언갈 내딛기 위해 작게 용기 냈던 일들이 마음에 든다.

전화기 동화

　그 사람과 갑자기 연락이 안 되면 그 사람이 지금 잠깐 다른 사람을 사랑하고 있어서 내가 보낸 신호를 못 들은 거래. 내가 사랑하는 사람도 내가 거는 발신음이 들리면 바로 받고 싶은데, 도저히 들리지 않는 거야. 가끔 잊고 지내던 사람들의 발신음이 울릴 때도 있어. 그때 우연히 겨우, 내 전화기와 그 사람의 마음이 연결된 거지.

　한 사람당 전화기가 하나씩인 거야. 모든 사람에게는 하나씩의 회선만 있고, 이곳의 회선은 동시 접속이 안 돼. 한 번에 한 명씩만 가능한 통신 상태.

어느 날, 아무도 내게 전화를 걸지 않을 때. 나도 아무에게도 전화를 걸지 못하고 있는 그런 시간에 말이야. 가만히 방안에 앉아 있으면 먼 곳에서 여러 소리가 섞여서 들려. 죽은 사람들의 발신음과 말소리가 섞여 있어. 다른 사람들의 소리를 훔쳐 듣게 되는 거지.

그렇게 겨우 연결이 되어 통화하다 보면, 어떤 말소리는 들리다 말다, 들리다 말다 해. 그건 이야기를 하면서도, 그 사람을 사랑하다 말다, 사랑하다 말다, 하기 때문이야.

그렇게 누군가 친절히 내게 상황을 설명해주었다. 모두 커다란 전화기를 정성껏 들고 있었고, 광활한 자연 속이었다. 편평한 대지 끝에는 절벽으로 된 바다가 있었는데, 모두 커다란 전화기를 끌어안은 채 즐거웠다고 인사하고 웃으며 뛰어내렸다. 뛰어내린 사람들은, 바다 표면에 살포시 닿았다가 풍선처럼 떠올랐다. 떠오른 사람들이 공중에서 서로에게 밥을 해주겠다고 떠들었다. 그때는 아무도 전화기에 대고 말하지 않고, 서로에게 목청껏 크게 외쳤다.

너한테 밥을 해줄게! 아프면 죽을 해줄게! 안 아프면 밥을 지어줄게!

겨우 땅까지 다시 떠오른 사람들이, 이번에는 각자의 버너를 하나씩 갖게 되었다. 약속한 것처럼 밥을 해주려고 하는데 불이 붙었다 말았다 붙었다 말았다, 하고 있었다. 그게 바로 마음의 힘이라고 모두 어쩔 수 없는 듯 받아들였다. 오늘 안에 밥이 될 수도 있고, 못 먹을 수도 있다고. 기다려보자고. 아무도 슬프게 말하지는 않고 바쁘게 말했다. 그게 그곳에서는 무척 자연스러웠다.

눈도 못 뜨고 방금 꾼 꿈을 메모장에 적는다. 다시 읽어보니 가슴이 벅차도록 슬퍼서 이런 꿈을 꾸었다는 것을 믿을 수 없다. 그 사람이 내가 보낸 메시지를 읽지 않은 지 하루가 꼬박 지났다. 나는 하염없이 그 사람과의 대화창을 거슬러 올라가며 읽다 잠들고, 사랑하는 사람의 영문 모를 연락 두절을 이해하고 싶어 1인 1통화의 동화를 꿈속에서 지어낸다. 지금은 잠시 목소리가 들리다 말다, 들리다 말다, 할 때일 뿐이라고. 그 사람이 다른 사람과 잠시 통화하고 있을 뿐이라고. 밥을 지을 불이 부족했다고. 마음이 부족했으므로.

열렬히 사랑하는 사람이 나타나면, 그 사람의 이름으로 자주 가는 사이트의 로그인 비밀번호를 바꿨다. 페이스북, 인스타그램, 카카오톡 PC 버전, 이메일 같은 것들. 접속할 때마다 그 이름을 마음으로 부른다. 손끝으로 이렇게 그 사람 이름을 자판으로 훑으면, 온몸 가득히 퍼지는 사랑하는 사람의 이름. 그 이름은 언제나 봄기운이다. 겨울에도 봄, 여름에도 봄. 그 사람은 어쩜 이름도 이렇게 예쁠까. 글자가 어쩜 그림 같을까. 매일매일 감탄한다. 단점이라면 역시, 사랑이 끝난 뒤에 그 사랑이 끝났다는 것을 인정하기까지 매일매일 그 이름을 부르고 손끝으로 훑으며 가슴 아프다는 것.

그 사람이 내 곁에 없을 때도, 내내 그 사람 생각뿐이다. 그가 내 옆에, 앞에, 위에 앉아 있다는 상상. 전생에 어쩌면 나는 그 사람의 고양이였던 것은 아닐까. 혹은 그 반대. 종족이 달라 이룰 수 없었던 사랑에 대한 간절했던 바람이 이번 생에 나와 그를 동시에 사람으로 태어나게 만든 것이다. 이토록 확실하게 사랑하는 사람이 있으니 오늘 밤 죽어도 좋을 것 같다. 모든 것이 완벽하다고 생각하며 혼자 지낼 시간을 계획해본다. 휴일에는 사랑하는 마음을 쉬는 것도 더 사랑하기 위해서 좋은 일이겠지. 혼자 있는 시간을 잘 보낼 수 있을 때 상대를 사랑하는 마음도 평화로운 안정기에 접어드는 걸 매번 느꼈다.

그런데도 이상한 일이지. 내가 당신을 좋아하고 있다는 걸 당신이 알고 있고, 그것까지 내가 이미 다 알고 있는데도, 수도 없이 되새기고 싶다. 나는 너를 좋아해. 진짜 좋아해. 사랑해. 많이 사랑해. 알아? 정말 알고 있어? 사랑해. 알아? 사랑해. 사랑해.

연락을 받지 않는 그에게 쫓아가서, 얼굴을 들이밀며 말하고 싶다.

사랑해. 사랑하고 있어. 까먹은 거 아니지?

알아. 아직도 그 생각이니.

응, 난 자꾸 이런 생각만 해. 내가 너를 사랑하고 있는 것, 당신이 나를 사랑할까, 그런 것들. 사랑, 사랑, 사랑. 사랑은 발명되지 않았지. 탄생했지. 우리가 그걸 알고 있지? 알아? 정말 알고 있어? 내가 사랑하는 것을?

잔뿌리가
하는 일

지난주에 유방암 진단을 받은 회사 대표의 아들은, 다음 주부터 요리 학원에 등록할 예정이라고 말했다. 갑자기 요리사가 되고 싶어진 것이었다. 그는 고등학교에 입학할 때도 왜 꼭 고등학교에 가야 하는지 몰랐고, 늘 학원을 빠지고 싶어 말도 안 되는 거짓말을 지어냈으며, 시험만 보면 꼴등을 해서 엄마에게 우산으로 맞거나 욕을 먹었다. 커서 뭐가 될래, 뭐가 되려고 이러니, 내가 너를 공부시키려고 혼자서 얼마나 힘들게 돈을 버는지 아니, 비탄에 빠진 엄마의 원망을 들으며 살았다. 몸이 왜소했고, 여자친구를 사귀어본 적이 한 번도 없었으며 술 담배도 몰랐다.

회사에 놀러 올 때면 수줍어서 사람들에게 인사도 잘 못 했다. 그런 것은 물론 조금도 문제가 되지 않았다. 단지 몹시 학교에 가기 싫어했고 온라인 게임만 밤새도록 불태우고 싶은 게임 중독이었으나, 그마저도 엄마가 컴퓨터를 회사로 들고 오는 바람에 오래가지 못했다. 유일하게 PC방이 그의 일탈이었으나 엄마의 불시 방문을 경험한 이후로는 더 할 수 없었다. 겨우겨우 허락을 받고 한두 시간 게임하는 것에 감사하며 지냈다. 그런 그에게 태어나서 처음으로 무언가 하고 싶은 일이 생긴 것이다. 그것은 우연일지 몰랐지만, 그가 유방암 진단을 받은 지 일주일 만에 갑자기 벌어진 일이었다.

나는 그 소식을 듣고 있으려니 그것만큼은 좋은 일이라는 생각이 들었다. 아들이 유방암이라니, 슬픔에 잠겨 있던 대표의 목소리에도 조금 생기가 도는 것이 전해졌다.

"대표님, 그건 잘된 일이네요. 너무 좋은 일이에요."

하늘에서 꿈이 뚝 떨어진 것 같았다.

유방암으로 목숨을 잃지는 않을 것이고, 살아간다는 것은 이렇게 본능적으로 혹독하다. 미래를 도모해야 한다. 17년간 찾을 생각도 없던 꿈이 일주일 만에 급하게 '생긴다.' 살아 있는 존재는 어찌 되었든 자신의 자리를 찾아야만 한다. 부모가 낳아준 뿌리 말고, 자신만의 뿌리를 내리기 시작해야만 한다. 아프면, 아

나리 나리 김나리

픈 가운데 자리를 찾아야만 한다. 몹시 아프면, 몹시 아픈 가운데 살아가야 한다. 죽을 듯이 힘들다면, 죽을 듯이 힘들어하면서 살아가야 한다.

어렸을 때는 언제 죽을지 모른다는 생각에 사로잡혀 있었다. 텔레비전에는 연일 납치와 실종, 심신미약 상태의 성폭행, 우발적인 살인 사건들이 전시되었다. 택시나 귀갓길에서, 그리고 면식범에 의해 벌어지는 범죄들. 일상에서 익숙하게 마주치는 도구들과 사람들. 그러니 무척 자연스럽게 언제든지 내가 피해자가 될 수 있었다.

중고등학교가 모두 가파른 언덕 위, 야트막한 산자락 위에 있었다. 학교를 오르는 일이 언제나 힘들었기 때문에, 혹시나 학교를 오르는 길에 쓰러지거나 내려오다가 굴러 치명적인 상처를 입을지 모른다고 생각했다. 집에 오기 위해 탔던 버스가 전복 사고가 날지도 몰랐다. 혹은 어떤 중요한 부품의 오류로 버스가 폭발하는 일이 생길 수 있을 것 같았다. 또 학교 주변에서 유명한 바바리맨이 나를 끌고 가려고 뒤에서 칼을 들이밀 수도 있을 것 같았고, 오토바이에 뺑소니를 당할 수도 있었다. 택시인 줄 알고 탔던 차가 택시를 위장한 차일지도 모를 일이었다. 또 어떤 기타 등등의 범죄 피해자가 될지 몰랐고, 아무튼 그런 식으로 죽음이 언제 닥칠지 모른다고 생각하니 여러 가지를 신경 쓰게 되었다.

교복 주머니에 커터 칼을 넣고 다니다가 오히려 상대의 무기가 될 수 있다는 말에 그만두었다. 내가 이렇게 성인만큼 몸이 다 자랐는데도, 내 힘으로 나를 지킬 수 없다니. 무기력했다. 시체가 된 나를 처리할 때, 속옷이 지저분하거나 구멍이 나 있으면 창피할 것 같았다. 그래서 나는 매일매일 속옷을 갈아입고 위아래도 맞춰 입었다.

비밀이 잔뜩 적힌 일기장은 늘 아무도 알아볼 수 없게 흘려 썼다. 나중에 자신조차 알아볼 수 없게 휘갈긴 글씨체로 쓴 일기장을 고대 유물처럼 발견했다. 그러나 인제 와서는 그런 것에 대해 걱정하지 않게 되었다. 그런 게 다 무슨 소용이람, 나의 속옷 사정이나 두려움, 속마음 같은 것들이 부끄러운 일이 아니라는 것을 살아가면서 자연스럽게 알게 되었다. 하지만 부끄러움이 몇 가지 사라졌다고 세상 살기가 편해지는 것은 아니었다. 먹고 사는 일이 무서웠다. 앞으로 계속해서, 돈을 벌어야 한다. 주식이나 도박, 로또로 돈을 벌 생각을 하는 것이 우습지 않게 되었다. 그런 생각은 절박한 고통의 부산물이었다. 아주 자연스러운 망상의 부스러기들.

출근하는 길에는 3번 홈, 퇴근하는 길에는 4번 홈에서 전동차를 탔다. 갈아타는 역에서는 출근하는 길에는 1번 홈, 퇴근하는 길에는 2번 홈에서 탔다. 회사와 집, 회사와 집, 그렇게 돌아오다 보면 사는 게 결국 매듭을 짓는 일이라는 것을 알게 된다. 1번홈에서 3번 홈으로, 돌아오는 길에는 2번 홈에서 4번 홈으로, 그렇게 발자국으로 리본을 만들고 다니는 일이라고. 무수히 많은인간의 그 선들이 세상천지에 다 얽혀 있다는 걸 알게 된다.

마음이 텅 빈 것 같다가도, 전동차가 들어오고 있다는 방송을 들으며 그렇게 생각하면 조금 위로가 됐다. 사무치게 외롭고, 산다는 일이 지겨움의 연속이라는 질병 같은 생각에서 벗어나기어려울 때도, 버스에서 내릴 때, 편의점에서 물을 사 먹을 때도, 불현듯 마음에 바람이 분다. 기억 속에서 누군가 스쳐 지나간다.

매일 비슷한 동선으로 다닌다. 출근길에는 커피를 사 먹고퇴근길에는 술을 산다. 다이어트를 해야지, 잠시 결심해봤지만, 그렇다면 오늘 밤에는 소맥 말고 소주를 먹자. 이 정도 선에서 타협하고 만다. 일단 다이어트보다, 오늘의 불행을 위로할 시간이필요하다.

내가 좋아하는 그 사람이 지금 어디쯤 지나고 있을지, 길위에서 오늘은 쓸쓸하지 않았을지, 그런 걸 상상해보면 금세 측은함이 올라왔다. 내가 그에게 선물한 홍삼은 이제 거의 다 먹어갈 때가 되었을 텐데. 내일은 새 홍삼을 사러 가야지. 이런 계획은 차라리 행복하다. 텅 빈 마음에 사랑하는 사람이 잠시 들어와 앉는다.

어떤 친구와는 이제 다시 연락하지 않기로 한다. 잘 지내다가, 문득문득 과거에 받았던 상처를 이제 와 복기한다. 그땐 잘 몰랐었는데, 왜 인제 와서 그 일이 화가 날까. 그때 내가 화를 냈어야 했는데, 난 왜 때를 놓쳤을까. 너 나한테 왜 그렇게 무례하게 굴었냐고, 다그쳐 물으려다가 만다. 그 사람과는 이제 다시는 만나지 않기로 혼자서 결정 내린다. 사는 동안 많은 사람과 많은 일이 있었지만, 화를 낼 타이밍을 숱하게 놓치고 말았다는 아쉬움이 든다.

'나 그때, 화를 냈어야 하는 건데. 사과받았어야 했는데.'

그렇게 용서하지 못한 일들이 많다. 친부가 엄마와 이혼을 하며 이 씨발년들아 내가 대체 잘못한 게 뭐냐, 라고 소리쳤을 때도 나는 기가 막혀 잘못한 게 뭔지 알려주지 못하고 지나쳤다. 그걸 어떻게 몰라? 당황하는 사이 사람들은 스쳐 지나간다. 이혼한 지 일 년쯤 지나 딱 한 번 친부를 만났을 때, 그는 막상 할 말이 없어 주변을 연신 두리번거리기만 하다가, 갑자기 소매를 걷어 팔을 보여주었다. 그는 피부병에 걸렸다고 말했다. 너무 가렵고 아프다고. 약이 잘 안 든다고, 힘들다고 했다.

어, 나도 아빠랑 살 때 걸린 우울증과 자살 충동이 잘 안 낫더라. 약도 잘 안 들어. 요즘도 가끔 아빠가 나보고 죽어버리라고 등 떠밀던 일들이 생각나. 내 등을 떠밀던 그 힘센 팔. 두꺼운 뼈. 함부로 만지는 손길. 그때 아빠가 내 팔에 침 튀기면서 욕했던 거. 평생 이렇게 생각날까? 평생 잠이 잘 안 올까? 문득 아빠가 찾아와 화를 낼까 봐 갑자기 두려울까? 어떻게 생각해?

나는 그렇게 말하지 않았다. 살아갈 힘을 나누어 그와 싸우고 싶지 않았다. 피부과에 가보라고 말하고 돌아서 택시를 잡아타고 말았다. 내가 몇 번 버스를 타는지, 알게 되는 게 두려워서, 피부병 따위가 지금 할 말이냐고, 화를 낼 타이밍을 또 놓치고, 이렇게 한참 시간이 지난 뒤에 바보같이 꿀 먹은 벙어리가 되었던 나에게 다시 상처받는다. 보통은 이런 걸까.

말을 참고 돌아서면 나의 침묵에 도리어 내가 상처받고 만다. 매듭이 잘 지어지지 않게 된 일들. 리본이 되기 전에 내가 줄을 끊어버린 일들. 나의 속도와 다른 것들의 시간이 너무 다르다. 나는 이제 화낼 수 있게 되었는데, 다른 것들의 시간으로는 아주 오래전에 이미 옛날의 일이 되어서, 잊혀버렸다. 기억은 안 나지만, 네 마음이 그랬는지 잘 몰랐지만, 아무튼 사과할게. 이런 것은 사과가 아니다. 그것은 매듭이 아니다. 상대가 기억 못 하는 일이 없도록 이제는 바로바로 화를 내야지, 결심해보아도 왜 늘 돌아서야만 화가 날까. 겁이 많기 때문이겠지, 상대방에게 잘못하게 될까 봐, 그래서 내가 나를 더 싫어하게 될까 봐, 겁이 나기 때문이겠지. 괜찮은 사람이 되고 싶겠지. 어렴풋이 추측해보았다. 이제는 일어날 것만 같은 일들보다 이미 일어난 일들이 무섭다.

사람의 뿌리가 자라는 일은 자연스럽게 그렇게 되어버리는 일이어서, 굵고 건강한 뿌리만 영양분을 흡수하지 않는다. 수염처럼 가늘고 짧은 잔뿌리들도 수두룩하게 함께 자란다. 걱정과 공포와 자책을 먹고, 무럭무럭 자라나 부끄러운 나의 과거나 상흔을 지워나간다. 세상을 살아가는 일이 수치심을 이겨내는 일이라는 것을 점차 알게 된다. 수치심을 이기는 일, 수치스러운 일과 수치스럽지 않은 일을 구분하는 일. 내가 잘못한 것과 상대방이 잘못한 것과 아무도 잘못하지 않았다는 것을 판가름하는 일. 그런 일을 잔뿌리가 한다.

피로 골절

　　질병으로 이야기를 시작하는 것은 간편한 방식이다. 몸의
통증은 하고 싶은 말 어디에도 비유할 수 있다. 내 모든 신체 질
병이 사실은 마음의 병이라고 말해버릴 수도 있다. 생애 전반에
걸쳐 마음이 말끔한 사람은 없을 테니까. 너의 모든 질병이 마음
이 아픈 것 때문이라고 말해버릴 수도 있다. 그것은 아주 간편하
고도 효과적인 방식의 위로가 될 것이다. 상대가 무슨 말을 꺼내
든 이용해 먹을 수 있다. 아주 자연스럽게.

(활용 예)

A : 며칠 야근했더니 몸이 붓고 너무 힘들어.

B : 그래 마음도 지치고 힘들어 보인다.

A : 결혼 준비하느라 잠이 너무 부족해.

B : 그래, 부족한 시간 쪼개서 마음의 준비도 같이하느라
　　힘들어 보인다.

A : 종일 밥 먹을 시간도 없었어.

B : 그래, 힘들지. 다정한 마음도 고프지.

……

……

????

????

…아무튼.

반박할 수 없는 진리의 문장이 하나 있다. "몸은 모든 것을
알고 있다." 아무리 약한 감기라도 걸리는 데는 모두 합당한 이

유가 있다. 어느 날 귀찮아서 빼먹은 양치질 몇 번, 감기에 걸린 사람과의 키스 같은 질병의 유입 경로.

오늘 알게 된 단어는 '피로 골절(stress fracture)'이다. 뼈의 피로 현상이다. 갑자기 안 하던 운동을 무리하게 한다든가, 혹은 반복적인 걷기, 뛰기, 점프를 할 때 발생할 수 있다. 가진 근력보다 많은 양의 에너지를 사용하여 더 필요한 양의 근력을 뼈에서 가져다 쓰기 때문이라고. 이 병에 걸리면 스포츠 활동을 수개월 중지해야 하고, '계획'하에 자신의 몸에 맞는 운동을 해야 한다.

심란하면 아주 먼 길로 돌아 집으로 가는 버릇이 있다. 때로는 같은 길을 몇 바퀴 돌고 난 뒤에야 겨우 집으로 들어가기도 했다. 아무래도 수개월 전 그때, 내 정강이는 피로 골절에 걸렸던 것 같다. 밖으로 나올 시간만 되면 무턱대고 걷기 시작했다. 계획하지 않고 너무 많은 길을 걸었지. 하염없이, 걸었지. 어수선한 많은 것들이 정돈되지 않았으므로. 기별도 없이 무자비하게 멀어지는 그 사람의 마음에 닿고 싶었다. 내가 어떻게 이해하면 좋을까. 내 심정을 편지로 전하면 좀 나을까. 나는 걷는 동안 지난 우리의 시간을 다시 짚어보고, 상대의 마음을 추측하고, 나의 잘못을 명백하게 건져 올리려 노력했다. 어디서부터 잘못되었는지 관계의 분기점을 알 수 있을 거라고 생각했기 때문이었다.

하지만 생각은 생각하기 나름이고 말은 말하기 나름이어

서, 모든 것이 모든 것의 이유가 되었다. 좋았던 점과 싫었던 점의 단서가 말해버리기 나름일 정도로 한 끗 차이였다. 한참을 걷고 나서야 나는 비밀을 알게 되었다. 추측하는 것으로는 타인을 이해할 수 없다는 것과, 타인을 이해하지 못하고도 뼈아픈 이별을 겪어내야 한다는 것. 그때 그렇게 아프던 정강이뼈가 피로 골절이었구나. 이미 지나온 통증에 새삼 이름을 찾아주었다.

사람들은 주로 자신이 아프다고 말하고 싶어 한다. 건강해 보인다고 인사를 전하면, 모두 사실은 어디가 아프다고 고백하고 싶어 했다. 상대의 관심과 염려가 달콤한 연고라도 되는 것처럼.

무리하지 않는 마음의 분배로도 피로 골절을 예방할 수 있다. 피로 골절의 발생 부위는 한두 군데로 특정할 수 없으므로.

세탁기를 돌려놓고 세탁기가 돌아가고 있는 베란다 문을 열어두었다. 서늘한 가을바람과 시끄러운 통돌이 세탁기의 소음이 함께 들어왔다. 그때 약간의 쌀쌀함이 오히려 낮잠을 채근했다. 빨래가 다 될 때까지 조금만 졸아야지, 세탁기가 멈추면 일어나야지, 하고 생각하다가 웃음이 나온다. 시끄러워져 잠에서 깨는 건 자연스럽지만 조용해져서 잠을 중단하는 것은 어려운 일이기 때문이다. 나는 그때, 평화는 이렇게 사뿐히 오는 거라는 걸 알았다. 모든 부산스러움이 걷혔을 때, 아무도 모르게 조용하게. 피

나리 나리 김나리

로했던 날들은 낱낱이 기억할 수 있으면서 행복했던 일은 적기 어려운 것은, 평화는 아주 편안하게 다가왔다가 다시 날아가기 때문이라고.

가서 말하고
오세요

　나에게는 두 명의 아빠가 있는데, 그중 첫 번째 아빠와 성인이 될 무렵까지 함께 살았다. 따로 살게 된 이후로는 한 번도 보지 못했다. 물론 그렇게 보지 못하게 된 것이 아빠뿐만은 아니다. 어느 시기 죽고 못 살던 친구들도 운동장 바닥에 빗금을 쳐둔 것처럼 서로에게 닿지 않게 멀찍이 돌아서서 영영 보지 못하는 사이가 되고는 한다. 모든 일에 때가 있다는 말처럼 이 사람 저 사람과 닿는 시간에도 다 때가 있는 것이라고 생각한다. 사람들끼리의 인연이야 낱낱의 사정이 있겠지만, 한쪽에서 열렬히 사랑하는 힘으로 계속 이어지기도 하고 때로 한쪽에서 마음먹고 절삭기를 휘둘러 단칼에 잘려 나가기도 한다. 아빠와 나는 둘 중 한쪽이 열렬히 상대를 사랑하지도 못했고, 그래서 이제 비로소 때가 되었다는 듯이 자연스럽게 헤어졌다.

그런 그에게 갑작스레 기별이 찾아왔다. 시한부 판정을 받았다는 것이었다. 병원에서는 환자의 사망까지 길어야 몇 개월 남지 않았으니 가족들은 마음의 준비를 하는 게 좋겠다고 말했다고 했다. 내게 조심스레 그 소식을 전한 것은 작은엄마였다.

"이 일을 어떡하면 좋을까? 장례식장에는 너희들이 오고 싶어 할까, 고민이 앞서. 어떻게 하고 싶어?"

나는 작은엄마에게 병원도 장례식장에도 가고 싶지 않다고 말했다.

갈까, 말까, 할까, 말까, 이렇게 두 가지 마음이 비좁게 어깨를 들이대며 서로의 자리를 차지하려고 할 때면 나는 보통 첫 번째 마음을 신뢰하는 편이다. 정보가 입력되었을 때 번쩍, 하고 제일 먼저 들이켜지는 첫 번째 마음. 그다음 마음은 어떤 눈치를 보는 주저하는 마음인 경우가 많았기 때문이다. 나는 이때, 아빠가 의식 불명의 상태이며 시한부 판정을 받았다는 정보가 입력되자마자 가고 싶지 않다는 마음이 곧장 따라붙는 것을 알아챘다. 왜 보고 싶지 않을까. 나는 그가 내 병문안으로 인해 딸에게 저지른 20여 년의 폭력을 용서받았다는 안도감이나 후련함을 갖게 하고 싶지 않았다. 되도록 마음이 불편한 게 나을 것 같은데. 내가 잘 못하는 걸까.

당시 진료를 받고 있던 정신과 의사 선생님에게 이 이야기를 했었다. 그때 받았던 조언이 내게는 잊지 못할 소중한 방향 표지판이 되어주었다.

"이런 채로 아버지의 장례식장에 가는 건 좋지 않을 것 같아요. 장례식장에는 가지 말고, 지금 위독하다고 하셨으니 그 병원에 한번 찾아가 보는 게 어떨까요?"

나는 왠지 실망스러움을 느끼며 말했다.

"제가 가서 그 사람 마음이 조금이라도 편안해질 수 있다는 게 싫어요."

의사는 계속 말을 이어갔다.

"아니요, 나리 씨. 이건 나리 씨 아버지와는 전혀 상관없는 일입니다. 나리 씨를 위해서 가는 게 좋겠다고 이야기하는 거예요. 가서 보내드리고 오세요. 그리고 장례식장에는 가지 않는 게 어떨까요. 이미 돌아가신 다음에는 들을 수 없으니까요. 가서, 살아계신 아버지에게 말하세요. 얼마나 힘들었는지 다 이야기하고, 그거 알고 가시라고, 그렇게만 말하고 오세요."

나는 깜짝 놀라 의사를 바라봤다.

"용서 같은 걸 하자는 게 아니에요. 자신에게서 보내드리는 시간이 필요해요. 힘들면 일단 한번 적어보세요. 구체적으로 아버지가 어떻게 했을 때 무서웠는지 일일이 다 적어보세요. 그런 다음 찾아가서 말하고 오세요. 알려드리세요."

나는 상상했다. 햇살이 가득 들어오는 새하얀 빛의 병원. 소독약 냄새. 신발이 미끄러운 바닥 장판 위에 툭툭 부딪칠 때마다 긴 복도가 울리는 소리. 의료진들이 차트를 넘겨보는 소리. 백색소음 같은 텔레비전 소리. 이동용 침대를 굴리는 소리. 그 서늘한 공간을 통과해 내 첫 번째 아빠가 누워 있는 병실 안으로 들어서면, 보조 침대에 앉아 있던 할머니에게 잘 지내셨어요, 잠시 나가주시겠어요, 인사를 하고, 그래, 아빠한테 빨리 일어나라고 이야기해드려라, 나를 두고 할머니가 병실을 나서고, 나는 그때 준비해온 녹음기를 켠다.

"잘 들으세요. 내가 당신 때문에 얼마나 힘들었는지 구체적으로 알려드리겠습니다. 당신이 술에 취해 현관문을 두드릴 때마다, 방문을 갑자기 열며 욕을 퍼부을 때마다, 두 시간마다 잠에서 깨어나 난동을 부릴 때마다, 냉장고 문을 새벽에 열 때마다, 아무렇지 않게 바람난 여자와 내 앞에서 전화 통화를 할 때마다, 내 이름을 욕처럼 외칠 때마다, 그때마다 매일매일 나는 죽고 싶었어요. 너무 무서웠어요. 당신이 너무 무섭고 싫었어요. 하지만 나는 그때 어려서 그 집에서 나올 수가 없었어요. 내가 얼마나 힘들었는지 알고 가세요."

나는 분량이 다 된 녹음기를 끄고, 용서의 말을 병문안 봉투처럼 관용적으로 내놓지 않고 돌아서 나온다. 상상을 반복해도 용서는 잘되지 않았으나 내 마음은 조금 가벼워졌다. 이미 지나간 일이라고 퉁 치고 미래를 도모하는 것보다는 일일이 짚고 넘어가는 것이 번거롭지만 나은 것 같았다. 하지만 이 상상이 거듭되는 동안 그는 다시 퇴원하고 건강을 어느 정도 회복했다.

어딘가 발표한 내 연애 이야기를 읽고 엄마가 제일 처음 했던 말은 이런 것이었다.

"이게 다 정말 있었던 일이니?"

나는 손사래를 치며 말했다.

"그런 일이 어디 있어. 다 만들어낸 이야기지."

엄마는 웬일인지 떨리는 목소리로 내게 말했다.

"앞으로는 하고 싶은 말이 있으면 다 하고 살아라."

나는 그때 문득 학창 시절 새 학기가 시작될 때마다 가훈을 적어오라고 했던 숙제가 생각났다. 이제 이 문장을 내 가정의 가훈으로 삼으면 좋겠다.

하고 싶은 말을 하는 사람이 되자.

나는 마음이 무너지려고 할 때마다 나의 성분을 나열해보고는 했다. 성분은 내가 가지고 있는 고유의 특성. 실제 있었던 과거의 일, 성격, 특기와 약점, 나를 구성하는 내장기관 같은 것들이다. 그것들을 일일이 쓰는 동안 슬픔이나 절망의 기분이 조금 날아가면 다음으로는 내 상태를 적어보았다. 이것은 현재 시점에서 관찰할 수 있는 나의 존재 상황이다. 내가 처해 있는 형편이나 모습. 변화할 수 있는 모든 것이 여기에 포함된다. 체온, 기분, 질병의 유무, 수면 시간 등이다. 나의 본질과 내가 지금 처한 상황을 혼동하지 않으려고 그 둘을 구분하다 보면, 무너지려던 마음이 조금쯤 다시 세워졌다. 말은 참 쉽다고 하지만, 말이 사실 전부여서, 나는 생각도 다 말로 한다.

하고 싶은 말을 하는 것. 용서되지 않는 말을 용서하지 말고 말하는 것.

이것들은 모두 아름답고 눈부시다.

물이나
떠 와

사회 초년생 시절 자주 경험한 미팅은 주로 상급자의 일방적인 조회에 가까웠다. 으레 식순을 읊듯 여러분의 생각도 말해보라고 하긴 하지만 이미 정한 답대로 대답하지 않으면 끝나지 않는, 예스맨이 되는 주문을 외우는 회의들. 사람들은 회의의 주최자인 상급자가 어떤 의지를 가졌는지 잘 알기 때문에 중언부언을 조금씩 덧대어 원하는 대로 대답하고는 했다. 사람들이 정해진 답을 최대한 성의 있게 말하는 것을 볼 때마다 가깝게 느껴졌던 사람들이 다들 만만치 않게 자신의 세계 안에서 적당한 역할을 맡아 애쓰고 있다는 생각이 들어 보이지 않는 벽이 느껴졌다. 모두

나리 나리 김나리

진지하게 연기를 하고 있구나. 방향의 의논이기보다 업무 전달의 자리에서.

나는 이따금 상급자가 "이 회사에 여러분을 힘들게 하는 사람이 어디 있습니까?", "여러분 일을 못 하게 방해하는 사람이 누가 있습니까?"라는 둥 생뚱맞은 호통을 이어갈 때면 노트에 얌전히 적고는 했다.

너. 너. 너. 너.

누가 슬쩍 노트를 훔쳐보는 것 같을 때면 자연스럽게 손으로 글자를 가리며 막대기를 하나씩 더 그렸다.

네. 네. 네. 네.

내 몸을 비트는 자잘한 반항심에 최초로 불을 지폈던 사건은 역시 첫 번째 아빠가 어린 시절 했던 말이다. 아빠는 자주 내게 가서 물이나 떠 오라고 말했다. 그 말은 부엌에 가서 냉장고 문을 열고 물을 컵에 옮겨 담아서 엎지르지 않게 조심히 자신에게 가져오라는 말에 불과한데, 그 말을 들을 때마다 이상하게 가슴 깊은 곳에서부터 불같은 화가 치밀어 올랐다. 나는 화가 나면 눈물부터 나는 아이였기 때문에, 자주 울면서 항의하곤 했다. 보통은 이런 말들이었다. 내가 물 떠 오는 사람이야? 왜 귀찮은 일은 나만 시켜? 아빠는 손이 없어? 발이 없어? 아빠는 그러면 당장 가져오라고 더 큰소리를 쳤고, 옆에서 엄마는 정말 의아한 표정으로 묻고는 했다.

"너는 그게 그렇게 눈물이 날 정도로 억울한 일이니? 갖다 주고 말겠다."

정말 눈물 날 정도로 억울한 일이었다. 왜 귀찮은 일을 내게 시킬까에 대한 질문에 엄마와 아빠는 너는 아빠의 딸이니까, 라는 대답으로 맞섰다. 우리 가족을 위해 회사에서 힘들게 돈을 벌어오고 나를 세상에 태어나게 한 사람이니까.

나는 어른들의 그러한 대답에도 여전히 가슴 깊은 곳에서 불같은 화가 꺼지지 않아 늘 억울했다. 엄마 아빠의 말이 왠지 그럴듯하게 말이 되는 것 같은데 어째서 나는 화가 풀리지 않을까? 어쩔 수 없이 나는 고분고분 물을 떠다 주지 못했다. 컵 바닥에 겨우 찰 만큼 아주 적은 양의 물을 떠다 주거나, 물이 컵의 표면에 장벽을 만들어 동그랗게 찰랑거릴 만큼 넘치게 떠다 주다 급기야 마지막에는 바닥이나 옷에 조금 흘리고는 했다. 아니면 갑자기 기절하듯 잠든 척을 했다. 내키지 않는 마음과 어쩔 수 없이 해야 하는 분위기 사이의 발버둥이었다.

하루는 중학생 때의 선생님과 스무 살이 되어 함께 밥을 먹은 적이 있었다. 단순히 학원 선생님이라고 말할 수 없게 내게 좋은 질문을 많이 주었던 선생님과 선생님의 세 살 아들과 함께한 자리였다. 그때만 해도 '민들레 영토'라는 만남의 공간이 성행했었다. 민들레 영토에서는 입장료를 내면 음료를 다양하게 마음껏 먹을 수 있는 컵을 한 사람당 하나씩 주었다. 맨 처음 그 컵에는 민들레차가 담겨 나왔다.

직원은 우리 테이블로 와서 선생님 앞에 컵받침 하나와 차가 담긴 종이컵 하나, 내 앞에 컵받침 하나와 차가 담긴 종이컵 하나를 차례로 내려놓았다. 그러고는 민들레 영토의 이용 규칙을 능숙하게 설명했다. 설명이 다 끝난 후 선생님은 말했다.

"아이에게는 물을 안 주시나요?"

"그럼 아이도 똑같은 요금을 내셔야 하는데요."

"그럼 아이는 물도 안 주시는 거예요?"

나는 황급히 지갑 안에 모아두었던 민들레 영토 쿠폰을 꺼냈다. 나의 알뜰함을 활용할 시간.

"선생님, 저 여기 쿠폰 다 모은 거 있어요. 그걸로 해요."

선생님은 고개를 저으며 말했다.

"아냐, 이용 요금 문제가 아니야."

직원은 당황하여 우물쭈물 서 있었다.

"아이도 정당한 대우를 받아야 하는 거 아닐까요? 요금이 필요하더라도요. 없는 사람처럼 할 수는 없잖아요."

아이 앞에도 자기 몫의 컵과 물을 놓아주는 것의 중요함. 나는 그 장면에서 나를 오랜 시간 괴롭혀 온 거북한 물음표가 눈 녹 듯 풀리는 걸 느꼈다. 물이나 떠 오라는 말이 가진 위압적인 위계의 폭력이 의심이 아니라는 확신이었다. 내가 마실 물을 남에게 떠 오라는 말은 어쩔 수 없을 때 할 수 있는 간절한 도움의 요청이어야 한다. 도저히 물을 스스로 떠다 마실 형편이 아니고서야 함부로 명령하는 순간 타인을 누르는 힘이 작동하고 만다. 부리는 처지에서야 손쉬운 이 위계가 편리하겠지만, 당하는 처지에서는 불쾌한 종속에 불과하다. 나를 왜 누르려고 하지? 부당한 위압감의 상흔이 오래 뒹군다. 가슴 깊은 곳에서 불타오르던 화는 결국, 정말 화 그 자체였던 거다. 나를 보호해야 할 상대가 나를 존중하고 있지 않다는 부당함에 대한 화. 내 입장을 고려하고 있지 않은 사람의 억누름을 인내해야 한다는 박탈당한 자주성에 대한 화. 문제는 문제인 것 같은데 제대로 된 생각과 말로 처신하지 못하는 자신에 대한 화.

나는 화가 날 때마다 괜찮아, 침착해, 같은 말로 스스로 흥분을 달래기보다는 나를 진정시키는 말로 왜 그렇지, 를 꺼내 쓰려고 한다. 왜 그렇지, 왜 그렇게 말하지. 왜 화가 나지. 기분보다는 질문에 더 다가가기.

물컵을 놓는 자리에는 말을 놓는 자리가 앉을 수 있고 사람을 생각하는 마음이 앉을 수도 있다. 일단은 자리가 생겨야 앉기

나리 나리 김나리

더 수월하지 않을까. 그리고 그 자리가 따뜻하고 예의를 갖춰 마련되었으면 좋겠다. 내 물잔을 가져와라, 의 세계보다 나은 세계. 거기서 억누름과 무례함을 뺀 세계.

에필로그

　서른이 넘어 안경을 쓰기 시작했습니다. 어느덧 안경을 쓴 지 몇 해가 지났지만, 안경은 여전히 불편합니다. 얼마 전에야 비로소 안경은 불편한 게 정상이라는 것을 받아들일 수 있었습니다. 처음에는 안경을 매일 쓰는 사람에게 안경이란 몸의 일부인 줄 알았습니다. 그러나 안경은 생각과 달리 콧잔등을 타고 계속해서 흘러내렸습니다. 안경을 몸처럼 쓰는 일은 불가능했습니다. 땀이 쉽게 흐르는 여름이면 안경은 더욱 자주 미끄러졌습니다. 엄마는 어느 날 제게 말했습니다.

　"안경을 왜 할머니처럼 쓰는 거니?"

안경이 코끝에 닿을 듯 내려와 있었습니다. 저는 멋쩍게 웃으며 안경을 밀어 올렸습니다. 인터넷 검색창에 안경이 흘러내리지 않는 법을 적어넣다가 결과물이 시원치 않아 놀랐습니다. 안경을 발명한 지 700년이 넘게 흘렀는데도 안경이 흘러내리지 않는 뾰족한 수는 없었습니다. 안경은 내가 아닌 것입니다. 그때부터 저와 안경 사이에는 이해가 생겼습니다. 안경과 제가 남이라는 것을 알게 된 것입니다. 안경은 내 것이 될 수 있지만, 나 자신이 될 수는 없습니다. 내게 아무리 필요해도 그건 어쩔 수 없는 일이었습니다. 알고 있던 당연한 일을 때로 아주 새롭게 이해하게 됩니다.

예닐곱 살쯤 되었을 때의 일입니다. 동네 오빠가 새로 산 자전거를 아이들 앞에서 한참 자랑하다가 폴폴 달리기 시작했는데, 저는 홀린 듯 그 뒤를 따라 달렸습니다. 너무 달리기에 심취했는지 어느 순간 정신을 차리고 보니 눈앞에 자전거를 타고 달리던 오빠는 보이지 않고 저만 혼자 큰 도로 옆에 서 있었습니다. 저는 엉엉 울며 정처 없이 걸었는데, 나중에 엄마가 연락을 받고 저를 찾으러 온 곳은 우리 가족이 살던 곳과 다른 도시였습니다. 도저히 그 시간 동안 아이 혼자서는 걸어갈 수 없는 거리였습니다.

이때 일은 오랫동안 제 마음속에 미스터리로 남아 있었습니다. 저는 인생이 이해되지 않을 때마다 곰곰이 생각했습니다. 그때 저는 아무래도 4차원을 통과한 것 같았습니다. 다른 차원을 통과하며 뇌에서 감정을 담당하는 부분이 자극을 받아 평생 자극과 슬픔을 혼동하게 된 것 같았습니다. 누군가 큰 목소리로 말만 해도 눈물부터 나서 곤란해지는 때가 많은데요. 사람을 사랑할 때 제 마음 안에 침입하는 과분한 슬픔도 그날 벌어진 미스터리한 이동에 해답이 있지 않을까 생각했습니다.

하지만 안타깝게도 얼마 전 엄마의 증언을 통해 제가 그때 4차원을 통과하지 않았다는 진실이 밝혀졌습니다. 저는 그때 집을 찾아주겠다는 낯선 아저씨를 따라 버스를 타고 이동했다고 합니다. 그 아저씨는 인근 공중전화에서 우리 집으로 여러 번 전화를 걸었는데, 아무도 받지 않아 자신이 일하는 곳에 저를 데리고 간 것이었습니다. 그곳은 한옥으로 지어진 장애인 복지시설이었는데, 저는 입구와 가까운 작은 방에서 살구 주스를 먹으며 만화 비디오를 보다가 잠이 들었고, 그 사이 엄마가 저를 안고 집으로 돌아왔습니다. 4차원의 이동 같은 것은 없었습니다.

하지만 인생은 4차원을 통과하지 않아도 알 수 없는 것투성입니다. 이해되지 않는 이상한 사람들과 지켜지지 않는 분통한 약속들. 그리고 그런 것들이 당연하다는 듯 태연한 표정으로 살아가는 사람들. 그중 단연 으뜸으로 이상한 것은 아무래도 저 자신이었습니다. 사랑하는 마음에 관한 글을 쓰기로 출판사와 계약한 지 여러 해가 지났습니다. 그사이 저는 사랑하는 사람과 신뢰를 저버리는 방식으로 헤어지고 좀처럼 일상으로 돌아가지 못했습니다. 벌어진 일은 단지 그것뿐인 것 같은데 놀랍게도 저라는 인간의 정신과 일상은 사납게 엉망이 되었습니다. 저는 몸을 동그랗게 말고 죽은 척하는 벌레가 된 것 같았습니다. 영화 〈벌새〉에 나왔던 대사처럼, 어느 날 저의 지지부진한 진도를 알고 있는 분이 난처한 듯 어렵게 말했습니다.

"그렇지만 그건, 벌써 재작년 일이잖아요?"

비겁하고 안일한 자신이 부끄러워 가슴이 콩닥콩닥 뛰었습니다. 제가 죽은 척 꿈쩍도 하지 못하는 동안 시간만 야속하게 흘렀습니다. 세상 모든 절망을 다 안다는 듯 자만하면 영원히 절망의 감옥에서 나올 수 없습니다. 여러 가지 온갖 일들에 심드렁해지면 한 글자도 쓸 수 없습니다. 그걸 군이 왜 적어야 하는지 의미를 알 수 없기 때문입니다. 그래서 그 사람과 그 사건이 어떻게 되었는지 일일이 진심으로 궁금해하지 않으면 글을 쓸 수 없습니다. 이제는 그만 자리를 털고 일어나 사람의 도리를 하기 위해 이러쿵저러쿵의 세계로 들어가기로 했습니다.

이러쿵저러쿵의 세계란 인간관계와 세상 돌아가는 일들 사이를 자세히 관찰해 이러쿵저러쿵 글로 펼쳐놓는 것입니다. 애정이 담긴 시시콜콜한 순간들, 이 귀퉁이 저 귀퉁이에 처박힌 비밀스러운 말들을 찾아오기로 한 것입니다. 사랑하는 마음에 관해 쓰려고 했던 것은 고꾸라진 마음에 관해 쓰려는 일로 바뀌었다가 점점 더 구체적인 과거로 돌아가서, 내가 받은 사랑과 마음이 아팠던 장면을 만나게 했습니다. 그것은 한 사람이 어떤 시간의 결을 살아내어 어떻게 현재의 나로 구성되었는가를 살피는 일이었습니다.

마음은 그 사람이 사는 동네 같은 공간이라고 생각합니다. 그곳에서 하염없이 서성이기도 하고 길을 잃기도 합니다. 자신의 마음이란, 지긋지긋해 다른 동네로 이사 가고 싶다가도 결국 가장 익숙해서 편안한, 그럭저럭 살만한 내가 제일 잘 아는 동네 같습니다. 그래서 내 마음이 어떤 건지 모르겠다가도, 내 마음 하나 믿고 앞장서기도 하는 거겠지요. 나라는 장소의 이곳저곳을 다녀 본 동네 지도 같은 글들을 모았습니다.

혼자 있을 때면 입에서 자동으로 재생되는 노래가 있습니다. 제게 한동안 그 노래는 동요 〈밀과 보리가 자란다〉였습니다. "밀과 보리가 자란다. 밀과 보리가 자란다." 하고 시작하는 이 노래를 나지막이 흥얼거리고 있으면 왜인지 금세 슬픈 기운이 차오릅니다. 이 정도 농도의 슬픔은 힘을 줍니다. 쓸쓸하게 뜨거울 수 있다면 저는 이런 장르의 슬픔으로 계속해서 글을 쓰고 싶습니다. 읊조리지만 여리지 않은 마음. 자신의 마음 안에 씨앗이 있다고 믿는 단단함이 슬그머니 팔베개를 만들어주는 것 같습니다.

슬픔은 딛고 일어서는 게 아닙니다. 슬픔을 잘 다루는 일이란, 마음 안에 슬픔이 사는 집을 하나 만들어주는 것이라고 생각합니다. 살면서 열심히 이 집 저 집 지어두면, 때때로 한 시절 앓던 슬픔의 문을 닫을 수 있게 되는 것 같습니다. 저는 이 책으로 어렵게 집을 하나 다 짓고, 그 문을 닫고 나올 수 있게 되었습니다.

나리 나리 김나리

ⓒ 김나리

초판 발행 2022년 6월 20일

지은이 김나리
책임 편집 이현호
디자인 와이겔리

펴낸곳 도마뱀출판사
펴낸이 조동욱
등록 제2007-000083호
주소 03057 서울시 종로구 계동2길 17-13(계동)
전화 (02) 744-8846
팩스 (02) 744-8847
이메일 aurmi@hanmail.net
블로그 http://blog.naver.com/ybooks
인스타그램 @domabaembooks

ISBN 979-11-975351-4-7 03810

＊책값은 뒤표지에 있습니다.
＊잘못 만들어진 책은 바꿔 드립니다.